Das Buch

Sophie war noch ein junges Mädchen, als ihre Eltern nach Australien auswanderten. Zum Familienbesuch kehrt sie in die Niederlande zurück. Was wirklich war, erfährt sie erst jetzt im Rückblick, was sein könnte, zeigt ihr die Begegnung mit einem Jugendfreund. Plötzlich scheint alles möglich. – Ein junger Mann aus Indonesien erzählt in der Straßenbahn einer Mutter und ihrer Tochter fröhlich aus seinem Leben. Sie hören fasziniert zu und kommen gar nicht auf die Idee, am Wahrheitsgehalt seiner Erzählung zu zweifeln. Ebensowenig wie er selbst. Doch die Menschen in diesen Geschichten halten oft mitten im Leben inne und versuchen, den Dingen auf den Grund zu gehen. Margriet de Moor ist eine hervorragende Erzählerin von ausgeprägtem Feingefühl und tiefer psychologischer Glaubwürdigkeit. Das vorliegende Buch war ihr Erstlingswerk und wurde sofort ein überwältigender Erfolg.

Die Autorin

Margriet de Moor, geboren 1941, studierte in Den Haag Gesang und Klavier und lebt heute in der Nähe von Amsterdam. ›Rückenansicht‹ erschien 1988 und wurde für den AKO-Preis nominiert, eine der wichtigsten literarischen Auszeichnungen in den Niederlanden. In deutscher Sprache außerdem erschienen: ›Erst grau dann weiß dann blau‹ (1933), ›Der Virtuose‹, ›Doppelporträt‹ (1994).

Margriet de Moor
Rückenansicht

Erzählungen

Deutsch von Rotraut Keller

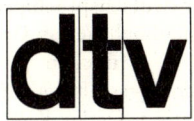

Deutscher Taschenbuch Verlag

Von Margriet de Moor
sind im Deutschen Taschenbuch Verlag erschienen:
Doppelporträt (11922)
Erst grau dann weiß dann blau (12073)

Deutsche Erstausgabe
Oktober 1993
4. Auflage November 1995
Deutscher Taschenbuch Verlag GmbH & Co. KG,
München
© 1988 Margriet de Moor
Titel der niederländischen Originalausgabe:
›Op de rug gezien‹ (Uitgeverij Contact, Amsterdam)
© 1993 der deutschsprachigen Ausgabe:
Deutscher Taschenbuch Verlag GmbH & Co. KG,
München
Umschlaggestaltung: Büro X
Illustration: Detlev Kellermann
Gesamtherstellung: C. H. Beck'sche Buchdruckerei, Nördlingen
Printed in Germany · ISBN 3-423-12101-7

Inhalt

Variations Pathétiques   7
Es gibt ihn 29
Morgendämmerung 62
Rückenansicht 75
Robinson Crusoe 115
Nach Süden 127
Comeback 153

Variations Pathétiques

Gleich als er eintrat, ließ er wissen:

»Mein Vater hat nicht geübt.«

»Ach?« sagte Marja in sehr erstauntem Ton.

Er lief geradewegs auf sie zu. Manche Kinder schauten nach den Bildern und den Möbeln, die wollten wissen, in was für einer Welt sie sich befanden, aber Edo war anders.

Er legte seine Bücher auf die Ecke des Klaviers und setzte sich. Marja lehnte sich nach vorn und knipste die Lampe über der Notenablage an; im November ist es manchmal schon um vier Uhr dunkel. Das Gesicht des Jungen war plötzlich ganz bleich, der Armel ihres Kleides flammend rot.

Er warf ihr einen raschen Blick zu. Natürlich bemerkte er, daß sie erstaunt war.

»Fang nur an«, sagte sie.

Sie wollte ihm zuvorkommen.

Er zog die Augenbrauen zusammen und setzte seine Finger auf die Tasten. Kräftig bereits für einen elfjährigen Jungen.

Zuerst kam immer die Technik dran. Die meisten ihrer Kinder hatten Spaß daran. Dafür waren keine Bücher, keine Noten, keine Gedanken nötig. Diese kleinen Hände waren äußerst selbstzufrieden. Sie hüpften in Terzenpassagen die ganze Tastatur herunter, fummelten an endlosen chromatischen Tonfolgen herum, gebrochene Akkorde konnten ihnen nicht lang genug sein. Ihre Handgelenke drehten sich mit der größten Leichtigkeit mit, wenn sie über den Daumen greifen mußten.

Edo hatte erst kurze Zeit Unterricht. Vor einem halben Jahr war er von einer Frau mit glitzerndem Schmuck bei ihr abgeliefert worden. Nicht etwa seine Mutter. Während der Junge gleich zum Klavier ging, hatte die Frau sie kurz »beiseite genommen«. Wie haßte sie das, diese vertraulichen Informationen, die einem bei solchen Gelegenheiten zugeflüstert wurden. Was Sie wissen müssen, ist folgendes: Er ist ein schwieriges Kind. Nachts hat er Angstträume, aber tagsüber in der Schule ist er hoffnungslos aggressiv. Seine Lehrer sind ihm kaum gewachsen, er hat einen schlechten Einfluß auf seine Klassenkameraden. Erstaunlich ist es nicht, wenn Sie wissen, daß er von seinem Vater, einem labilen, groben Kerl, der obendrein oft weg ist, allein erzogen wird. Lassen Sie es sich aber nicht anmerken, daß ich Ihnen das erzählt habe.

Mensch, scher dich doch fort, hatte sie gedacht. Was dieses Kind über sein Leben erzählen will, wird sich schon noch zeigen.

Sie schreckte hoch. Er sah sie an und wartete auf ihr Urteil.

»Schon sehr gut, Edo«, sagte sie. »Jetzt noch die Quinten.«

Er machte sich wieder an die Übung. Sie sank in ihren Stuhl zurück. Vollkommen entgegen ihrer Gewohnheit hörte sie nicht zu. Ihr Erstaunen war in Unruhe übergegangen. Was war nur los?

Bis jetzt hatte sein Vater alles geübt. Marja war es gewohnt, viel zum Üben aufzugeben, vor allem wenn ein Kind so begabt war wie Edo. Um es dem Vater zu erleichtern, hatte sie extra Fingersätze hinzugefügt und Hinweise für Stakkato oder Legato gegeben. Mit Bleistift hatte sie ihre musikalischen Vorschläge zwischen die Notenlinien geschrieben. Sie hatte sehr schöne Stücke ausgesucht.

Ihre Unterrichtsmethode war weithin bekannt geworden, obwohl sie sich dessen nicht bewußt war. Sie stellte nur fest, daß in diesem ehemaligen Fischerdorf besonders viel Klavier gespielt wurde.

Vor fünf Jahren war sie hierher gekommen, diese Einsamkeit, diese Langeweile hatte sie erwartet. Sie mochte den Badeort nicht, wo ein fahles Licht auf den Straßen lag, sie mochte ihr Haus nicht, das zusammen mit ein paar anderen oben an einer Steintreppe gegenüber dem Wasserturm stand – in den Gärten neigten sich Ginster und Dünenrose immer in eine Richtung, landeinwärts, die Fenster waren matt, salzig und feucht, kneif immer die Augen ein bißchen zu, wenn du oben bist, der Wind führt Sand mit –, aber aus irgendeinem Grunde schien dies alles genau zu dem Entschluß zu passen, den sie gefaßt hatte. Daß es vorbei sein mußte mit der Liebe und dem schrecklichen Glück.

Und nun, während ihre Augen den Bewegungen des Jungen am Klavier folgten und ihre Hände in ihrem Schoß schwach mitklimperten, schien es, als ob in ihr etwas abgestumpft wäre: Sie erinnerte sich noch gut, daß von einer Obsession die Rede gewesen war, von einem herzzerreißenden Verlangen nach Freiheit, aber der wirkliche Grund war ihr entschwunden. Dieses warme, lebendige Gefühl.

Dieser ganze Sommer und der ganze Oktober waren allerdings sehr ungewiß geworden. Sie hatte es zweimal sagen müssen, keiner von beiden konnte es begreifen, der Ehemann nicht und der Liebhaber nicht. Und es war wahrscheinlich auch lächerlich. Nicht normal.

Mit beiden Männern hatte sie ein Einvernehmen gehabt, eine Einmütigkeit in einigen Dingen und Abmachungen für die übrigen. Es hatten Gespräche stattgefunden, beim Frühstück und nachts unter den warmen Decken. Über die Arbeit, die Gesundheit und ein einziges Mal über das Verlangen und die Einsamkeit.

Sie berührte seine Schultern und Ellbogen.

»Diese Gelenke müssen immer locker sein. Deine Bewegung, deine Spannung, alles, was du bist, muß hindurch können. Auf dem Weg zu einer anderen, viel wichtigeren Stelle.«

Edo nickte und begann mit der Des-Dur-Tonleiter.

»Was sagst du?«

Ein Oktoberabend in der Stadt, in der sie ihr Leben lang gewohnt hatte. Rotterdam. Ihr Mann geht neben ihr. Die erste Frostluft. Da sie ihren Entschluß schon vor einiger Zeit gefaßt hatte, sagte sie es so mir nichts dir nichts. Durch die Fensterscheibe einer Snackbar fällt blasser Lichtschein auf sein Gesicht, der zarte, freundliche Mund ist plötzlich fremd, grimmig verzogen.

»Ich will allein sein.« Auch der Liebhaber reagierte zuerst wütend, danach betrübt und zum Schluß ängstlich. Da war etwas mißlungen. Was hatte sein Körper verkehrt gemacht?

»Die Petite Suite«, antwortete Edo auf ihre Frage, was sie nun spielen wollten. Er legte die Noten von

Debussy auf die Notenablage und rückte seinen Stuhl soweit beiseite, daß ihrer daneben paßte.

Seit dem Sommer wollte er nur noch vierhändig spielen. Also hatte sie ihm Caplet, Strawinsky, Reger gegeben. Musik genug, es machte ihr nichts aus. Ihre Kinder durften spielen, was sie wollten.

Sie kommen gern zu ihr. Die Mütter, die um zwölf Uhr am Schultor stehen und warten, beneidet sie nicht. Sie geht am Schulhof entlang und betrachtet das Geziehe und Gestoße. Die Rangeleien. Das schauderhafte Geschrei. In dunkelblauen Steppjacken warten die Mütter auf ihre Kinder. Dieselben Kinder, die mittags zu ihr zum Unterricht kommen.

Sie waren talentiert, ihre Kinder, und alle hatten sie irgend etwas. Marja wunderte sich nicht darüber. Da war ein Mädchen, Judith, die jede Stunde weinte. Drei Jahre lang weinte sie Montag nachmittags. Wenn Marja sie ansah und befremdet nachfragte, was denn los sei, wurde sie wütend. Mit roten Fäusten wischte sie den Rotz von ihrem Gesicht. Als sie von ihr fortging – was wirst du tun, jetzt nach deinem Examen? Nach England, Au-pair. Warum? Schulterzucken. Ich stelle mir das halt schön vor –, konnte sie das Klavierstück opus 33 a von Schönberg spielen, auswendig. Da war ein Junge, Nick, der monatelang nur auf den schwarzen Tasten spielen wollte. Ohne jemals ein Wort zu sagen, hämmerte er darauf los. Nun spielte er Noveletten von Schumann, er hatte den weichsten, innigsten Anschlag, den Marja je gehört hatte. Schweigsam war er noch immer.

Edo und seine Lehrerin spielten. Sie zählten leise,

und kurz bevor sie einsetzten, nickten sie mit dem Kopf, sie wiegten sich beim Andantino im Sechsachteltakt. Marja mit ihren cordsamtenen Hüften, Edo mit seinen mageren, in einen roten Pulli gehüllten Schultern. Manchmal irrte er sich und spielte eine Oktave zu tief. Ihre Finger kamen sich in die Quere. Blitzschnell nahm Marja dann seine Hand und setzte diese höher auf die Tasten, ohne das Spiel zu unterbrechen. In dem glänzenden Schwarz des Klavierdeckels spielten vier andere Hände um einiges gelenkiger und weicher mit ihnen mit.

»Du kommst sicher aus einer musikalischen Familie?« hatte Marja ihn zu Anfang gefragt.

Sein Eifer überraschte sie. Wenn sie ihm ein paar Stücke aufgab, um sie zu Hause zu üben, hatte er die Woche darauf nicht nur das ganze Heft durchgespielt, sondern kam auch mit allerlei anderer Musik an — einem Präludium von Bach, einer Mozart-Sonate —, meistens viel zu schwierig.

»Mein Vater spielt jeden Abend.«

Damals hatte sie ihm zum erstenmal ein vierhändiges Stück mit nach Haus gegeben. Caplet, ›Un tas de petites choses‹. Der linke Part ist sehr schwungvoll.

Danach fing es an.

Sein Vater fand es schwierig und bat über Edo um einige Anweisungen. Wie sollte er phrasieren? Und war dieser Fingersatz nicht außerordentlich unpraktisch? Sein Vater fand vor allem das zweite Stück wunderschön, schlug aber ein anderes Tempo vor, und vor allem, vor allem keine Verzögerung am Ende. Was sie davon hielte, nun Schubert oder Fauré zu üben?

Langsam begann es Marja bewußt zu werden, daß

diese Mitteilungen für etwas anderes standen. Für das Leben dieses Mannes. Anfangs widersetzte sie sich diesen Vertraulichkeiten. Sehr unerwünscht. Aber allmählich, schleichend, begann dieser Mann Gestalt anzunehmen, begann er deutlich anwesend zu sein mit all seinen Eigenheiten. Sie begriff, daß er genauso wie sie in einem abgeschlossenen Raum seines Lebens lebte, daß er abends nach seiner Arbeit einen braunen Bademantel anzog, brummend und vor sich hin murmelnd Essen kochte und danach Klavier spielte. Nachts schnarchte er. »Ganz schön laut«, sagte Edo.

»Ganz, ganz wunderschöne Musik«, sagte sie, leicht nickend.

Sie setzte ihre Lesebrille ab und rieb sich über die Augen, die plötzlich wieder ganz erstaunt schauten. In Gedanken, eigentlich unbeabsichtigt, fügte sie hinzu: »Aber man kann hören, daß ihr diese Woche nicht zusammen gespielt habt.«

Jetzt hatte sie schlechte Laune. Jetzt hatte sie ihm Gelegenheit gegeben, seine Geschichten auf sie loszulassen. Abgesehen von der Unschicklichkeit. Abgesehen von ihrer intensiven Aufmerksamkeit. Es fiel ihr auf, daß er ein bißchen atemlos zu sprechen begann. Warum sah er sie so eindringlich an? Sie sollte gar nicht zuhören. Sie hörte aber aufmerksam zu.

Der Mann hatte Überstunden gemacht. In einem erniedrigenden Arbeitskittel, seine Füße zwischen Kippen und Metallsplittern, hatte er seine Aufmerksamkeit geteilt zwischen den Maschinen und den matten, aber unvermeidlichen Scherzen seiner Kollegen; er hatte sein Brot gegessen, schwarzen Kaffee getrunken, geraucht und war am Ende der Nacht in das schlafende

Dorf zurückgefahren. Sie sah die schlecht beleuchteten Provinzstraßen und die unberechenbar entgegenkommenden Autos, die immer wieder aus den Nebelschleiern auftauchten. Ein Paar Hände auf dem Lenkrad, kräftig, schwarz behaart, konnte sie dem Mann ohne Mühe zuschreiben. Aber was sie schon öfters bemerkt hatte: Er blieb erbärmlich gesichtslos. Auch den Klang seiner Stimme konnte man nicht heraufbeschwören.

Beschämt und verärgert wollte sie das Geplapper des Jungen unterbrechen. Sie machte eine unbestimmte Bewegung.

»Ja, ja, jetzt mal still.«

Es klang unschlüssig. Sie war wehrlos gegen dieses Kind.

»Komm!« Sie griff zum Notenheft und schlug eine Seite um.

»Fang diese Woche mal mit dem zweiten Teil an. Aber paß auf, noch nicht zu schnell. Es ist schwierig.«

Gewohnheitsgemäß suchten ihre Augen den zweiten Part ab. Hier und da änderte sie etwas am Fingersatz, damit es für den Vater einfacher wäre. Einige Passagen probierte sie kurz aus, feurig, überaktiv, die Hände in den Pausen hochwerfend. Wie würde er es spielen, fragte sie sich.

Sie schlug das Heft zu und gab es Edo – tu dein bestes –, sie konnte sich nicht erklären, warum sie dabei einen schuldbewußten Blick tauschten. Mitwisser eines Geheimnisses. Sie schaute schnell weg. Das Zimmer war viel zu dunkel, unmenschlich, hinter den Fenstern hing die Novemberdämmerung. Merkwürdig verwirrt stand sie auf und schaltete alle Lampen an. Augenblicklich wurde der Schein von den Fensterscheiben zurückgeworfen, matt glühend wie Feuer aus der Unterwelt.

»Los«, sagte sie heiter, »laß uns, bevor du weggehst, noch eben einen Brahms durchspielen.«

Edo sah sich begeistert nach ihr um. Auch triumphierend. Sie war sich absolut sicher: Dieses Kind manipulierte sie bewußt.

Marja läuft über den Strand. Es ist Ebbe, das Meer ist weit weg. Den ganzen Tag ist es dämmrig geblieben. November. Ihre Netzhaut nimmt ein Bild ohne Konturen wahr, eine Landschaft, die aus einer unendlichen Zahl tanzender Punkte besteht. Alte Schwarzweißaufnahme mit viel Unschärfe. Auch die Geräusche sind armselig. In Wellen verzerrt kommen sie an.

Ab und zu gehen dunkle, kräftig im Wind ausschreitende Gestalten an ihr vorüber. Sie werfen ihr flüchtige Blicke des Einvernehmens zu. Vermeintlich einmütige Sinnesfreuden. Sind diese Menschen manchmal nach etwas anderem unterwegs als nach der Vertrautheit ihrer polierten Haustüren aus Eichenholz?

Marja mag das Meer nicht. Sie erschrickt, wenn ihre Schuhe mit den angespülten, olivgrünen Knubbeln oder den geheimnisvollen toten oder lebenden schleimigen Tieren in Berührung kommen. Die Beleuchtung auf dem Boulevard ekelt sie an. Marja läuft über den flachen Strand und starrt auf die Stadt. Die abgeschirmte Festung voller Wärme, voll angenehmer, anonymer Einrichtungen.

Ein paarmal im Monat fährt sie nach Rotterdam. Sie hat gute Abmachungen getroffen. Denn natürlich hatte sie schnell heraus, daß ihr Körper noch zu jung war.

Ihre glatte Haut, nachts. Noch ganz brauchbar. Die Gefühle eines alten Studienfreundes schienen noch vortrefflich intakt zu sein. Als ob die Jahre verschwinden, hatte er es genannt. Dieser schüchterne Mann, von dem keine Komplikationen zu befürchten sind und mit dem sie schon bald eine herrliche Wanderung in den Ardennen machen würde, ist für Marja ein ausreichender Grund, um so ab und zu ihre Unterwäsche zu inspizieren und ein parfümiertes Bad zu nehmen. Ihr Toilettentisch ist in Ordnung: Scherchen, Pinzetten, Flakons. Sie hat beschlossen, daß dieser Mann der letzte sein soll. In ihren Gedanken heißt er: das Schlußlicht.

Auf dem Dünenweg legte sich der Wind. Es wurde ihr plötzlich warm. Auf der Bank am Boulevard saß wie eine verzauberte Krähe einer der alten ausgedienten Männer des Dorfes. »Hallo«, kam es lautstark heraus, als sie vorbeilief. Sie machte den Kragen ihrer Jacke auf.

»Um wieviel Uhr mußt du zu Bett?«

Über ihre Brillengläser hinweg mit aufgeschlagener Rundfunkzeitschrift auf dem Schoß sah sie ihn an. Sie war bei der Tätigkeit, die sie meistens bis zur letzten Minute der Unterrichtsstunde aufschob.

»Viertel nach acht«, sagte er. In seiner Stimme klang leichter Groll mit.

Mit etwas hochgezogenen Schultern, mit höflicher Ungeduld – er würde viel lieber noch mal Mi-a-ou in schnellem Tempo herunterrasseln – wartete Edo, bis ihr suchender Bleistift etwas anstrich.

»Das«, sagte sie. »Gut. Was hältst du hiervon: die

›Symphonischen Tänze‹ von Rachmaninow, morgen abend im deutschen Sender. Es dauert bis fünf vor halb neun. Zehn Minütchen länger. Geht das?«

Sie gab ihm die Zeitschrift, und er fing an, das Programm in sein Hausaufgabenheft abzuschreiben. Er schrieb erstaunlich ungelenk mit zusammengekniffenem Gesicht dicht über dem Papier.

»Erzähl mir das nächste Mal, wie du es fandest«, trug sie ihm auf.

Zerstreut sah sie zu, wie er sich mitten im Zimmer in eine steife gelbe Regenjacke schob, die Schnur von der Kapuze so straff zuzog, daß sein Gesicht klein und rund wurde. Mit gespreizten Armen verschwand er im Regen.

Marja gab gern derartige Hausaufgaben auf. Bereits sehr schnell konnten ihre Kinder den Unterschied zwischen Bach, Beethoven und Debussy heraushören. Es war so einfach. So wie sie Kaninchen niemals für Füchse halten würden, so würden sie auch die ›Vier Jahreszeiten‹ niemals mit einem Brandenburgischen Konzert verwechseln. Oder ein Streichquartett von Haydn mit einem frühen Beethoven. Sie hatten ausgeprägte Vorlieben. Die meisten hörten die Haffner-Symphonie am liebsten vom Orchester des Achtzehnten Jahrhunderts, Harnoncourt ging auch, aber eine ihrer Kleinen – ein aus Sri Lanka adoptiertes Mädchen – hielt es mit einer alten Aufnahme der Berliner Philharmoniker. Alle ihre Kinder konnten hören, ob die Kreisleriana von Horowitz oder von Richter gespielt wurde. Marja hielt es schon für einen netten Gedanken, daß diese Einstufungen von Klängen sie doch weiterhin wie ein Schatten begleiten würden, obwohl die meisten von ihnen auf die Dauer ihr Klavierspiel aufgeben würden – zu sehr beschäftigt mit dem wirklichen Leben. Sie würden nie mehr davon loskommen.

»Und?« fragte sie aufschauend. Mit Mühe hatte sie die steile Handschrift entziffert. Die Symphonischen Tänze.

Die Sonne schien an diesem Mittag weit ins Zimmer hinein. Tiefe, orangefarbene Herbstsonne. Marja mußte ihre Augen ein wenig zukneifen.

»Mein Vater fand es schön«, sagte Edo.

»Dein Vater!« rief sie beinahe schmerzlich aus.

Der Junge schien ihre Verwirrung nicht zu bemerken. Ohne mit seinen Augen zu zwinkern, sagte er: »Er fragt, ob Sie heute abend auch Ravel hören.«

Ihre Augen verengten sich.

»Ravel«, wiederholte sie. Und dann: »Welches Stück?«

»Die Valses . . .«, begann er. »Die Valses nobles . . .«

»Die Valses nobles et sentimentales«, stellte sie fest und nickte kurz mit dem Kopf, als ob sie es sich schon gedacht hätte.

»Um wieviel Uhr?«

»Um zehn Uhr. In Hilversum vier.«

Die Sonne schien ihr nun direkt in die Augen. Eine Kupferkanne, die auf dem Klavier stand, reflektierte das Licht und warf ihr von unerwarteter Seite ein zweites, noch grelleres Lichtbündel zu. Geblendet tastete Marja nach dem Bleistift, der zu Boden gefallen war. Zeit und Ort, dachte sie. Es ist ein Zusammentreffen arrangiert. Jemand erwartet, daß ich mich dem nicht entziehen werde.

Ein paar Klaviertöne erklangen. Ein Akkord wurde beiläufig ausprobiert. Edo fand, daß die Stille lang genug gedauert hatte. Aber Marjas Gedanken waren in Beschlag genommen. Es wurde Zeit zu wissen, wie dieser Mann aussah. Sie wollte sein Gesicht sehen.

Seufzend stand sie mühsam auf (als wäre ihr Körper alt und schwer) und lief um das Klavier herum. Etwas neugierig folgte Edo ihr mit den Augen.

Nun fiel das Sonnenlicht auf ihn. Unverhohlen betrachtete sie die kindlichen Gesichtszüge. War es möglich, aus dieser spitzen, vom Schneuzen einigermaßen roten Nase und aus diesen rührend runden Wangen ein anderes, älteres Gesicht heraufzubeschwören?

»Sieht er dir ähnlich?« fragte sie unumwunden.

Edo nickte begeistert. Unschuldig.

»Ja, jeder sagt es.«

Als er fort war, lief sie nach oben. Die Fenster des Schlafzimmers standen offen, und der Raum war mit feuchter, salziger Luft erfüllt. Sie lehnte sich mit dem Bauch gegen das Waschbecken und besah sich im Spiegel. Der müde, wahnsinnige Blick von früher. Ihr Gesicht. Und wie es von anderen gesehen werden könnte. Was, um Gottes willen, hat Edo wohl über sie erzählt?

In einer plötzlichen Anwandlung nahm sie das Telefon und rief den Mann in der Stadt, das Schlußlicht, an. Morgen abend würde sie in Rotterdam sein, sagte sie, sie habe das Bedürfnis, ihn zu sehen. Der Mann reagierte erfreut, faßte aber die leichte Hysterie in ihrer Stimme falsch auf. Er schlug vor, sie solle sofort kommen.

»Nein«, sagte Marja und heftete ihre umherirrenden Augen auf das Fenster. »Heute abend nicht. Von der See kommt Nebel auf.«

Von dem Moment an war etwas verändert. Marja begriff nicht, warum, aber sie begann, Gefallen an dem Verhältnis zu finden, in das sie nun verwickelt war. Und sieben Tage waren viel zu lang. Da konnte es passieren, daß sie nachts im Bett – versunken in Erinnerungen und Träume, die um einen Mann kreisten, den sie noch nie gesehen hatte, der aber auf unmerkliche Weise doch schon großenteils aus ihren Erlebnissen, aus dem, was feststand, was feierlich beschlossen und verkündet war, aus der zerstreuten Frau Marja bestand – ja, daß sie plötzlich zu sich selbst kam und vermutete, daß sie wahrscheinlich verrückt war, eigentlich wahnsinnig – wie dringend nötig war es, die Füße wieder mal auf festen Boden setzen zu können –, und deshalb schien es ihr ratsam, diesem talentierten Kind so ab und zu eine Klavierstunde zwischendurch zu geben.

Denn sie hatten angefangen, einander zu schreiben. Der unsichtbare Mann hatte dadurch einen kräftigen, leibhaftigen Aspekt dazugewonnen: seine unbeholfene Handschrift.

»... möchte ich Ihnen empfehlen, vergangenen (durchgestrichen) kommenden Sonntag unbedingt Strawinsky anzuhören«, entzifferte Marja mit viel Mühe in Edos Hausaufgabenheft.

»Komm mal am Mittwoch um viertel nach zwei«, sagte sie die Woche darauf zu ihm. »Dann hab ich noch ein Stündchen für dich Zeit.« Und sie schrieb in sein Heft: »Wirklich wunderschön. Aber zufällig ist heute abend dasselbe Stück im BRT, eine historische Aufnahme, von ihm selbst dirigiert. Ich bin neugierig, wie Sie es finden.«

Sie begannen sich zu duzen. Ihr Ton wurde ein bißchen vertraulicher.

»Bin ich Deiner Meinung«, schrieb der Mann. »Selbst durch das Geröchel eines total erkälteten Saals war es zu hören. Großartig. Ja, zwei Welten, die einander trotzen!«

Und Marja, rot bis hinter die Ohren und ein bißchen schniefend, schob ihren Stuhl neben den von Edo und setzte ihre Fingerspitzen auf die weißen Tasten.

Manchmal waren ihre Bekenntnisse ganz summarisch. Nicht mehr als Chiffren. Aber auf genau dieselbe Art, wie die geheimnisvollen Zeitungsberichte unter der Rubrik »Aufrufe« nur von Eingeweihten zu entziffern waren (»Sie haben den Vorteil des Zweifels, ich nicht mehr. Die Dritte Dame«), so, dachte Marja, verstanden auch der Mann und sie sich vollkommen.

»Italienischer Stil«, behauptete er zum Beispiel. »Falsch. Nicht korrekt.«

Worauf Marja kurz, aber mit runder ausladender Handschrift antwortete:

»Lulu! BBC! Donnerstag!«

Eines Tages erschien Edo nicht zum Unterricht. Eine Viertelstunde lang saß Marja mit kraftlosen Händen – es war immer so viel zu tun – neben dem Klavier. Dann ging sie auf die Suche: Das konnte nicht stimmen, das war unmöglich.

Im rauhen Wind stand sie oben auf der Steintreppe und spähte hinunter. Es war nun schon tief im Dezember und stockfinster am späten Nachmittag. Nichts zu sehen außer den traurigen, hin- und herwehenden Lichtchen in der Fichte vor der Kirche, die unbarmherzig von dem bläulichen Halogenlicht einer Straßenlaterne überstrahlt wurden.

Als sie unverrichteter Dinge zurückging, fiel ihr Blick auf die blendend weiße No-iron-Brust des übernächsten Nachbarn, der dabei war, einen Weihnachtsstern hinter seinem Fenster aufzuhängen; seine Frau stand gespannt daneben und hielt in ihrer ausgestreckten Hand wahrscheinlich ein paar zusätzliche Nägel.

An der Hintertür fühlte sie, daß ihr Fuß leicht ausrutschte. Faulige Luft stieg hoch: Am Morgen hatte sie den Müllsack hinausgestellt. Einen Tag zu früh. Danach ergriff der Wind die Tür, und sie mußte kräftig drücken, um sie zu schließen. Ihr Rock bauschte sich wie toll um ihren Körper. Vielleicht erkältete sie sich in diesem Augenblick.

Abends klingelte das Telefon. Eine Männerstimme stellte sich vor: Edos Vater.

Marja war völlig überrumpelt. Sie telefonierte gern – das der Zeit angemessene Blindekuhspiel – und telefonierte offenherzig und lang mit allerhand mehr oder weniger guten Bekannten und sogar mit Leuten, denen sie noch nie begegnet war. Sie konnte sich dabei ganz genau vorstellen, wie sich jemand bewegte, das Gesicht verzog und welches phantastische Gekritzel auf einem gebrauchten Briefumschlag entstand.

Dieses Telefongespräch verlief allerdings steif. Zunächst einmal war da der starke Amsterdamer Akzent, der sie, die aus dem Spanischen Polder stammte, natürlich nicht gleich ansprechen konnte. Außerdem war dieser Mann verlegen, absolut nicht gesprächig, und wie es so oft passiert: Auch sie konnte plötzlich keine Worte finden.

Es trat eine lähmende Stille ein.

»Er war heute nachmittag nicht zum Unterricht«, sagte sie dann schließlich nur.

»Er war krank«, klang es kurz angebunden.

»Was fehlt ihm?«

Darüber mußte nachgedacht werden. Schließlich wurden ihr einige Symptome zugebrummelt: erkältet, Husten, Kopfschmerzen.

»Er ist außergewöhnlich begabt«, sagte sie.

Es war lächerlich, wie förmlich ihre Stimme klang. Gar nicht so, wie sie es meinte.

Am anderen Ende wurde zögernd gelacht. Geschmeichelt wahrscheinlich. Eltern denken immer, daß ihre Kinder ihnen ähnlich sind. Danach ließ Marja die Stille verstreichen, ruhig, solange wie nötig, weil sie anfing zu kapieren, daß das ein vollautomatisches Gespräch war, daß diese langen Sekunden sich von allein füllten. Womit? Mit dem unaussprechlichen Leben. Mit den Nichtigkeiten, die jeder für sich gehört oder gesehen hatte – die gekochten Eier, die verregneten Zeitungen, die übergelaufenen Badewannen, die aus Versehen zweimal bezahlten Rechnungen, die Nachrichten, die Joghurtbecher, die zu lange im Kühlschrank standen, der tierische Geruch von benutzten Bettlaken –, und die nun langsam anfingen ineinanderzufließen.

Als es ihr lange genug gedauert hatte, sagte sie: »Es ist faszinierend, ihm Unterricht zu geben«, und legte auf.

Es blieb ihr ein Abend. Was tut sie? Sie läuft auf bloßen Füßen mit schweren Schritten durch ihr Zimmer. Sie grübelt mit hellgrauen Augen. Hinter ihrer

Stirn, da, wo der Verstand sitzt, ruhte eine ängstlich versiegelte Aufgabe. Während sie rot vor Schreck zum Spiegel rannte, begriff sie schließlich. Die Liebeserklärung.

Sie hatte nicht daran gedacht, daß kurz darauf Ferien sein würden. Auf einmal blieben ihre Kinder weg. Mißmutig die Nase hochziehend – sie war inzwischen schwer erkältet –, ordnete sie die Notenstapel auf dem Klavier. Vor dem Schrank kniend blätterte sie die Präludien von Skrjabin durch und legte sie wieder weg. Der Staub, der aus den brüchigen Blättern aufstieg, verursachte noch einen Niesanfall.

Das Dorf sah kränklich aus. Sowohl die Schaufenster wie auch die Fenster der Wohnhäuser waren mit weißlicher Farbe halb zugespritzt, grüner und roter Schmuck bedeckte die Türen, die Eingangshalle des Postamtes war wegen einer Fichte kaum zugänglich.

Die Menschen hatten etwas Stilles, Heimliches an sich. Nahe an den Häusern entlang wurden Vorräte geschleppt. Wenn Marja einem ihrer Kinder begegnete, wurde sie verlegen – manchmal auch gar nicht – gegrüßt.

Die beiden Weihnachtstage verbrachte sie mit dem Schlußlicht. Sie dinierten in einem teuren Restaurant, und trotz des herrlichen Chablis fühlte Marja sich stocknüchtern. Da er wußte, daß sie ihre Ferien immer dazu nutzte, um ihre Technik auf einem bestimmten Niveau zu halten, fragte er, ob sie fleißig Klavier übe.

Sie wandte ihre Augen von den dicken Fischen im

Aquarium ab. Eben noch silbrig, dann dunkelgolden.

»Sehr fleißig.«

Hoffnungslos war es, all die halben Parts. Musik für vier Hände. Vier. Man konnte natürlich versuchen, die fehlende Hälfte mitzusummen. Oder zu pfeifen. Man konnte armselige Versuche anstellen, um das ursprüngliche Werk zu rekonstruieren.

Eine Hand streichelte ihren Arm. Sie sah auf das entspannte Gesicht hinter dem Kerzenlicht – »dann laufen wir von den Sieben Schwestern bis Dichtling, das sind sechs, sieben Tage« – und legte ihre Fingerspitzen auf das weiße Leinen.

»Soll ich den Tisch tanzen lassen?«

Denn das war natürlich viel einfacher als das Heraufbeschwören eines noch lebenden Phantoms.

Die Palmen. Die Kellner, die Messer und Gabeln vorlegen. Sie nähern sich diskret. Postillons d'amour. Neben den in schwarzen oder grauen Flanell gekleideten Ellbogen wird die Rechnung gelegt. Die Zustellung des Liebesbriefes. Marja trug ein Satinkleid, blau, tief ausgeschnitten. Die Frauen erinnern sich früherer Zeiten, die Männer denken voraus. Nachher.

Sie wischte sich den Schweiß von ihrem Hals, nickte – ja gern – und schaute zu, wie er den Wein einschenkte.

Geradezu tragisch war: daß sie denselben Part spielten.

Marja hat Fieber.

In der Hoofdstraat sah sie sie laufen, Edo und seinen Vater: Sie bogen beim Fischhändler um die Ecke – geschlossen, es war Sonntag – und schlenderten in ihre

Richtung. Edo hatte etwas in der Hand, das er seinem Vater zeigen wollte, der baumlange Mann mußte sich ein Stück hinunterbeugen.

Marja hatte ein paar Tage im Bett gelegen, verwirrt und krank, heute morgen war sie aufgestanden, und nun schien es, als ob sie plötzlich schärfer als vorher sehen konnte. Denn selbst aus großer Entfernung erkannte sie diese Art Gesicht, das an die Ebenen der Mongolei, an Kurdistan, vielleicht an Ost-Groningen erinnerte. Sehr breite Wangenknochen, die Augen unter vorspringenden Augenbrauen verborgen. Sehr fremd. Etwas in der Art, wie er ein Hindernis vor seinen Füßen wegstieß, eine leere Büchse oder Dose, war ihr zuwider.

Edo entdeckte sie, und da konnte keine Rede mehr davon sein, einem Impuls nachzugeben und blitzschnell die Straße zu überqueren.

Vorsichtig lachend standen sie einander gegenüber.

Es mußte natürlich schon etwas gesagt werden. Der Vater fing an, über den Unterricht zu reden. Er war sehr zufrieden. Marja bedankte sich.

Sie starrte ihn an – einfach ist es niemals gewesen, mit dem steinernen Röhrchen die etwas klein geratene Seifenblase wieder zu fassen zu kriegen und sie noch weiter aufzufüllen. Glänzender, größer. Womit? Mit Luft. Mit einem Teil des Universums – ein Prickeln in der Nase zwang sie, hastig ihre Tasche zu öffnen und da alles durcheinanderzuwühlen. Gerade noch rechtzeitig fand sie ihr Taschentuch. Entschuldigung. Mit Tränen in den Augen, das Taschentuch vor dem Mund, wurde sie überfallen von einer sonderbaren Langeweile, dem Impuls, zu gähnen, schweren Augenlidern, einer völligen Interesselosigkeit an der Begegnung, die sich da abspielte. Sie hatte nachgedacht. Wann, ließ sich nicht mehr ergründen. Es war nichts zwischen ihnen. Sie waren Fremde, die am Sonntag, durch eine stille Straße gezwungen, ein Schwätzchen hielten.

Sie schneuzte sich die Nase.

»Aber es wäre wohl doch sehr gut«, setzte der Mann, der in aller Ruhe gewartet hatte, fort, »wenn er mal etwas anderes zu üben bekäme als vierhändige Musik.«

Ihre Augen schweiften ab. Auch Edo schien nicht mehr interessiert zu sein. Mit gelangweiltem, aber geübtem Blick, den Kinder in dieser Jahreszeit an sich haben, starrte er in ein Schaufenster, voll mit traurigem, nicht eingeklagtem Spielzeug.

Sie nickte.

»Ja, damit bin ich einverstanden.«

»Er hat sogar die Noten des F-Schlüssels fast vergessen.«

Marja konnte den Vater beruhigen.

»Ich habe schon ein neues Stück für ihn ausgesucht. Eine Mozart-Sonate.«

Das war alles. Die Zeit war um. Sie schüttelten sich die Hände und gingen weiter. Marja fühlte ihre Schultern nach unten sinken. Etwas in ihrem Innern sagte ihr, daß sie nun endgültig die Grippe hatte.

In diesem Dorf führen alle Straßen zum Meer. Man läuft gegen den Wind an, betäubt, einsam, und plötzlich steht man auf dem Boulevard. Der scharfe, bittere Geruch. Das farblose Glühen mit dem allmählichen Übergang zur Ferne. Tief in ihrem Herzen hatte Marja einen Widerwillen dagegen. Mit den sich wild kringelnden Haarsträhnen vor ihrem Gesicht betrat sie den Gehweg des Dünenpfades. Sie knöpfte ihre Jacke am Hals zu.

»Hallo!« klang es laut hinter ihr.

Es gibt ihn

Für Ronald und Maarten
von der Slee-Buitenspoort-
Kongo-Mokele-Mbembe-Expedition 1986

Tagelang hatte ich seine Appelle mit gleichgültigen Kommentaren begleitet. Diesen Abend willigte ich ein, mit ihm zu fahren. Peter kniff die Augen zufrieden zusammen und fing an, eine genaue Karte von dem Gebiet vor mir auszubreiten. Er schob seinen Stuhl näher an den Schreibtisch heran und setzte sich händereibend wieder hin. Ich begriff, daß er keinen Augenblick an seiner Überredungskunst gezweifelt hatte.

Als ob ich an diesem Tier interessiert wäre!

»Wart mal ab«, sagte er. »Ich schätze, daß die Erfolgschancen so siebzig bis achtzig Prozent sind.«

Seine Stimme hatte den bescheidenen Ton von jemandem, der seiner Sache ganz sicher ist.

»Du kannst dir vielleicht gut vorstellen, Eduard«, hatte er vorgestern in demselben Ton angefangen, »daß die herrschenden Theorien über die Evolution der letzten sechzig Millionen Jahre grundlegend überprüft werden müßten, wenn« – hier hatte er kurz gewartet, auch die Luft angehalten –, »wenn sich herausstellen sollte, daß im Dschungel von Afrika noch Dinosaurier leben.«

Peter ist meiner Meinung nach brillant. Ich kenne ihn schon seit Jahren. Seit dem Abend, an dem er vor unserem Streitgespräch einen in jeder Hinsicht lächerlichen Beweis führte – den ich dann auch in Grund und Boden kritisierte –, sind wir befreundet. Die Biologie ist in seinen Augen das Gebiet für groß angelegte, ungestüme Forschung. Es versteht sich also von selbst, daß er sich regelmäßig mit der Fakultät überwirft. Auch jetzt wieder. Die Fachgruppe hat ihm eine Promotionsstelle angeboten, die mit einem unsinnigen Thema verknüpft ist.

Er hatte mir die Rekonstruktionszeichnung eines prähistorischen Riesentiers unter die Nase gehalten. Lächerlich kleiner Kopf. Langer Hals. Runzlige, nach außen stehende Füße. Während seiner Ausführungen hatte er mit Bleistift die Konturen der Schwanzwirbel nachgezogen.

»... der riesige Sauropode, der auf dem Grund seichter Seen und Flüsse herumwatschelt. Smith wie auch Jones nahmen an, daß diese Tiere den Auftrieb des Wassers ausnutzten, um sich auf die Hinterfüße zu stellen, ja?« – er sah kurz hoch, aber meine naheliegende Frage blieb aus –, »um so die Zweige der überhängenden Bäume abzuweiden. Oft muß es schon ausreichend gewesen sein, wenn sie den langen Hals aus dem Wasser reckten, um die ausschließlich pflanzliche Nahrung zu erreichen.«

Diesen Abend versicherte er mir, daß das ausgedehnte Sumpfgebiet in Zentralafrika eben nördlich des Äquators keine wesentliche Klimaveränderung seit der Kreidezeit erfahren hat. Zurückgelehnt in seinen Stuhl, zwischen Schreibtisch und Waschbecken hin- und herschaukelnd – er ist nie dazu gekommen, aus dem engen Zimmerchen auszuziehen –, forschte er nach dem Ausdruck in meinem Gesicht. Aber mein Blick war auf das Foto über dem Spiegel gerichtet, das ich ihm voriges Jahr geschenkt hatte. Grüße von einem Freund. Mit triumphierend erhobenem Kopf stehe ich auf dem Gipfel des Langkofels (Leere ... Glitzern ...), meine Nase und mein Adamsapfel werfen genauso starke Schatten wie die so gefürchtete Nordwand.

»... und wenn du überlegst, Eduard, daß seit dem 17. Jahrhundert bis heute unzählige Zeugen in dieser Gegend ein Tier beobachtet haben, das vollkommen mit dem sogenannten ausgestorbenen Dinosaurier übereinstimmt – ja? – dann ...«

Ich gähnte mit geschlossenem Mund. Und doch werde ich dieses Geschwafel wohl bald vermissen. Wenn ich auf das Angebot dieser Firma eingehe, dann natürlich. Es ist nicht notwendig, ins Ausland zu gehen. Für Informatiker ist überall Platz.

»Mokele Mbembe«, sagte Peter.

»Was?« Ich sah ihn verständnislos an.

»Mokele Mbembe«, wiederholte er. »So wird dieses Tier von den Pygmäen genannt.«

Dann fing er von den zwei amerikanischen Expeditionen an, die vergeblich versucht hatten, das Innere des Gebiets, den Tele-See, zu erreichen, wo das Monster zu leben schien.

Das müssen höllische Reisen gewesen sein.

Mit dem Ellbogen schob ich einen Stapel Papier auf dem Schreibtisch beiseite und stützte das Kinn auf meine Faust. Ohne meine Augen von ihm abzuwenden, hielt ich ihm meine Teetasse hin, und er schenkte immer weitererzählend nach. Ich hörte mir die Einzelheiten über die Fiebersümpfe, den undurchdringlichen

Urwald, die Hitze und die Austrocknung des Bodens an – und wie strohdumm war es, daß ich mich zu spät für die Besteigung des Kilimandscharo angemeldet hatte – und willigte danach ein, im Februar mit Peter zu den Likouala-Sümpfen in der Volksrepublik Kongo zu fahren.

Ende Januar hörte ich auf, mich zu rasieren. Am zweiten Morgen entdeckte meine Mutter beim Frühstück den Schatten auf meinem Gesicht. Sie warf mir einen scharfen Blick zu, sagte aber noch nichts. Ein paar Tage lang hatten wir kaum miteinander gesprochen. Unser alter Streit: Mein Wunsch, nun endlich eine eigene Wohnung zu nehmen, war wieder aufgelodert. Mir schien es dringender als je zuvor. Wenn ich es jetzt nicht zustande brachte, müßte ich wohl diese Anstellung ablehnen. Ich konnte meine alte Mutter doch schwerlich mit nach Boston nehmen!

Der Streit war nach festem Ritual abgelaufen. Auf meine Beteuerungen, daß ich ein paarmal pro Woche zum Essen nach Hause käme, daß ich ihr meine schmutzige Wäsche bringen würde, daß ich sie immer vor dem Schlafengehen anrufen würde, hatte sie mit einem Weinkrampf reagiert. Danach war sie schweigsam geworden und herzzerreißend verstohlen in ihren Bewegungen. Wie eine Katze, die einen Platz zum Sterben sucht.

Meine Mutter war schon über vierzig, als ihr Bauch dicker wurde. Mit diesem Abenteuer hatte sie nicht mehr gerechnet. Kurz nach meiner Geburt starb mein Vater, der nach dem Foto über der Uhr zu urteilen ein bärtiger, kräftiger Kerl gewesen war.

Die Bindung zwischen meiner Mutter und mir ist ziemlich eng.

Sie goß die heiße Milch in meinen Teller.

»Du läßt dir einen Bart wachsen?« fragte sie.

Ich nickte.

Nun wußte sie, daß ich demnächst auf Expedition ging. Ich habe keine Erklärung dafür, aber es ist eben so: Wenn eine Bergbesteigung bevorsteht, lasse ich mir einen Bart wachsen; auf der Heimreise rasiere ich ihn wieder ab. Meine Mutter hat keinerlei Einwände gegen meine Leidenschaft für die Berge. Sie weiß, daß meine Pläne für diesen anderen, viel bedrohlicheren Abschied nach so einer Tour für eine ganze Weile wieder aus der Welt sein würden.

Sie sah mich wieder an und lächelte. Ein wildbärtiger Hillary würde bald aufbrechen und ein frisch gewaschener Junge zu ihr zurückkehren. Wie ein Echo dessen, was sich vor 25 Jahren in ihrem Leben zugetragen hatte.

»Ein Dinosaurier!« sagte sie erstaunt, nachdem ich ihr von dem Ziel der Reise erzählt hatte.

Sie fuhr sich kurz durch die grauen Locken, die so kräftig waren, daß sie sich kaum bewegten. Ich sah, daß wieder Blut in ihre Wangen kam. Ihre Neugierde schien geweckt.

»Das find ich aber schön!« sagte sie.

Mit viel Lärm begann sie abzuräumen. Kurz darauf rief sie mich in die Küche: Am Außenhahn hing ein Eiszapfen.

Sobald wir unterwegs waren, verstärkte Peter seine Anstrengungen, mir das Tier anschaulich zu machen.

Kurz hinter Utrecht, im Zug nach Paris, fing er schon damit an.

»Sieh mal«, sagte er, und mein Blick löste sich widerwillig von den vereisten Feldern, die in der Morgendämmerung bläulich aufleuchteten, »ein neueres Foto der Fußabdrücke des Mokele Mbembe.«

Seine Hand zeigte kreisend auf ein paar unscharfe, halbmondförmige Flecken.

»Der Durchmesser ist fast ein Meter. Man sieht deutlich, daß die Hinterfüße, ja, die hier, drei scharfe Klauen haben.«

In Gedanken ging ich den Inhalt unserer Rucksäcke durch. Die Leichtgewichtszelte und -schlafsäcke, die Trockennahrung, die Medikamente, die Fotoausrüstung. Alles in allem war es immer noch viel zu schwer, wir müßten das Gepäck vor Ort noch reduzieren. Wichtig war die Wahl: Stiefel oder Schuhe.

»Hierauf mußt du bald genau achten«, fuhr er fort, als die Maschine nach Marseille gestartet war.

Er zeigte mir die Aufnahme einer Hand, die einen Zweig mit ein paar großen Früchten daran herunterbog.

»Das ist die Nahrung, die er mit Vorliebe frißt. Der Molombo, eine Art Apfel.«

»Woher weißt du das?« sagte ich, um irgend etwas zu fragen.

»Nun, es sind nicht nur überall da, wo das Tier bemerkt wurde, diese Bäume abgegrast, oft bis in große Höhe, sondern« – und nun nahm seine Stimme einen feierlichen Ton an – »jemand hat gesehen, daß es sie frißt!«

Er hatte den Bericht des Augenzeugen dabei und fing

an, mir daraus vorzulesen. Der Vorfall soll sich letztes Jahr zugetragen haben. Ein etwa zehnjähriges Mädchen war eines Morgens in einem Kanu den Fluß hinaufgefahren und hatte in einer Bucht zwischen den Bäumen ein riesengroßes Tier gesehen, das die Molombos von den Bäumen riß. Obwohl sie heftig erschrak, hatte sie doch den Teil des braunroten Körpers, der aus dem Wasser herausragte, den langen Hals und den schlangenartigen Kopf betrachtet. Als sie zurückfuhr, hörte sie weit hinter sich einen schweren Plumps.

Erst abends um halb zehn checkten wir nach Bangui ein, der Hauptstadt der Zentralafrikanischen Republik, von wo aus wir versuchen würden, den Kongo zu erreichen. Es war ein ziemliches Theater mit unserem Gepäck gewesen. Die Rucksäcke waren durchsucht worden, und man hatte unsere Schußwaffen in Verwahrung genommen.

Wir waren noch nicht in der Luft, da wurde das Licht in der Kabine gedämpft, leise Musik setzte ein, und man fing an, uns ein ausgiebiges Abendessen zu servieren.

Er setzte seine Argumentation fort.

»Es werden in unserem Jahrhundert immer noch Tiere entdeckt, die schon Millionen Jahre ausgestorben sein sollen. Sehr häufig in Afrika. Ich kann dir gleich drei davon nennen. Den Quastenflosser, das ist ein Fisch, der Sauerstoff atmen kann, den Kongo-Pfau und, das muß dich doch ansprechen, Eduard, ein Tier, das heutzutage in allen Tiergärten zu finden ist, das aber zu Beginn dieses Jahrhunderts bei den Zoologen nur als 30 Millionen Jahre altes Fossil bekannt war. Die Pygmäen beschrieben es allerdings immer als ein

Tier, das noch ganz normal in ihrer Umgebung lebte. Okapi nannten sie es.«

Er legte sein Messer hin.

»So wie sie auch den Mokele Mbembe kennen und benannt haben.«

Leise glitten wir durch die Nacht. Nach dem Likör waren die meisten Passagiere eingeschlummert. Auch wir schoben unsere Lehnen zurück. Wir bestellten noch etwas Wein.

»Die Tiere sind scheu«, flüsterte Peter mir ins Ohr, »sie sind selten, und sie leben in einem Gebiet, das für Weiße beinahe unzugänglich ist.«

Ich nahm einen Schluck und versuchte mich zu erinnern, wohin ich unterwegs war. Mein unbegreiflicher Freund hatte über ein unzugängliches Gebiet gesprochen, vielleicht konnten wir da mal näher darauf eingehen. Ja, die amerikanischen Expeditionen. Natürlich dumm von ihnen, in der Regenzeit aufzubrechen, dumm, das von der bürokratischen Hauptstadt der jungen Volksrepublik, von Brazzaville aus, zu tun. Sie hatten zwar begriffen, daß sie zum Tele-See mußten, da wimmelte es von Dinosauriern, das wußte jeder, aber warum hatten sie versucht, diesen Ort über die Seitenarme des Bai-Flusses zu erreichen? Die falsche Richtung! Sogar in der Regenzeit waren sie mit ihren vollgeladenen Prauen übel im Sumpf steckengeblieben.

Wir hatten einen besseren Plan.

Exakte, ganz erfreuliche Fakten tauchten in meinem Kopf auf. Entfernungen, Temperaturen, Bodenbeschaffenheit, anthropologische Besonderheiten: Bestandteile eines erträumten oder wirklichen Glücks.

So betraten wir den dunklen Erdteil.

In Bangui nahmen wir Quartier im Centre Catholique, einer Villa mit Balkons und Galerien noch aus der Kolonialzeit und der Innenausstattung einer Jugendherberge. Mehr als eine Woche waren wir ununterbrochen damit beschäftigt, die Behörden abzuklappern, um unsere Weiterreise in den Kongo zu regeln. Es war keine einfache Sache, aber Peter, der sich in feurigem Französisch dafür einsetzte und verhandelte, war optimistisch. Es sollte in Kürze ein Frachtschiff über den Ubangi-Fluß ablegen. Eine Motorprau war auch eine der Möglichkeiten.

In Wirklichkeit setzte er sich für etwas anderes ein: das Aufspüren von Augenzeugen.

Niemand kannte das Tier. Peter hatte ständig eine Abbildung des rekonstruierten Dinosauriers aus dem Mesozoikum, des Diplodocus, in der Tasche und ließ sich nicht entmutigen. Wart mal ab, bis wir im Kongo sind. Er schien hierin recht zu bekommen, als wir eines Abends in der Bar der Herberge einen kongolesiochen Bantu trafen, der die Abbildung sofort erkannte.

»Mokele Mbembe!«

Ich sah in Peters Gesicht – seine Augen waren nur einen Spalt breit offen, während er sich das unzusammenhängende Gestammel des Mannes anhörte. Er nickte ständig und wiederholte die Worte deutlich. Wodurch es schien, als lege er ein feierliches Gelübde ab. Es war lange her. Der Mann war noch ein Kind gewesen. Ein kleiner Junge, der mit seinem Vater in den Wäldern war. Nein, gesehen hatte er ihn nicht. Nur gehört. Ein blasendes, tiefes Jammern war angeschwollen zu einem unerträglichen Gebrüll. Meiner Meinung nach war der Kerl stockbetrunken.

Es stellte sich heraus, daß der Ubangi in der Trockenzeit schwer befahrbar war. Nachdem wir uns für eine eventuell notwendige Rückreise zaïresische Visa besorgt hatten, beschlossen wir, für 10000 kongolesische Francs in einem Auto nach Zinga, einem Hafenort nicht weit von der Grenze, mitzufahren. Es war eine unvorhergesehene Ausgabe, aber es dauerte uns alles schon viel zu lange.

Der Fahrer sah gleichgültig auf die Zeichnung, zuckte mit seinen riesigen, glänzenden Schultern, war aber sonst ganz geschickt. Mit den zwei oder drei Polizeikontrollen unterwegs wurde er mit Leichtigkeit fertig, wir mußten nicht einmal unsere Papiere zeigen.

In dieser Nacht hatte ich zum ersten Mal das Gefühl, mich auf unbekanntem Gebiet zu befinden. Ich lag lange wach und hörte, wie Peters Schnarchen sich munter mit dem Zirpen der Grillen zu vermischen begann. Mit den anderen Gästen der Herberge, eines Holzhäuschens mit Fußböden aus festgestampfter Erde, hatten wir draußen unter der Galerie gesessen und getrunken. Palmwein, ziemlich scheußliches Zeug. Als es dunkel wurde, hatte man eine Lampe auf den Tisch gestellt, die so stark qualmte, daß kein Moskito in unsere Nähe kam. Die Hitze des Tages verflog. Sogar hier im Binnenland sprach jeder Französisch. Bereitwillig hatten sie sich über das Bild des Reptils gebeugt. Ja, ja, sie kannten es wohl. N'Yamala hieß es. Groß, gefährlich und schon gut hundert Jahre ausgestorben.

Ich sah zur Seite. Es war stockfinster in dem Zimmerchen. Peters Unerschütterlichkeit war sonderbar.

Sonderbar war auch die blaßgelbe, vom offenen Fenster eingerahmte Luft, die einen warmen, schwachen Geruch zu verbreiten schien. Mist, Gewürznelken und angebrannter Haferbrei.

Man muß zugeben, daß die Hinweise auf das Tier zunahmen, sobald wir den Kongo erreichten. Nach zwei Tagesreisen im Auto und einer äußerst langsamen Fahrt mit einem Postschiff über den hie und da fast trockenen Fluß kamen wir zur Grenze.

Der Zoll hielt keine Siesta. In dem Büro herrschte eine erstickende Hitze. Ich hatte gedacht, daß sogar für Peter die dunkel verlockende Gestalt des Mokele Mbembe während des bürokratischen Rituals, dem die Beamten uns mit Leidenschaft unterzogen, in den Hintergrund gedrängt würde. Sie betrachteten unsere Papiere, gingen damit fort, verloren sie, erklärten sie für ungültig und stempelten sie schließlich mit erstaunlicher Gleichgültigkeit ab. Danach mußten die Rucksäcke mit in ein Nebenzimmerchen.

Auf einer Bank in der Ecke saß Peter und sprach mit einer Frau, die eine dünne türkisfarbene Pfeife rauchte. Er schwitzte wie ein Schwein, mußte andauernd die Fliegen von seinem Gesicht und seinen Armen verscheuchen, aber etwas in seiner Haltung blieb aufrecht und eigensinnig. Als die Frau ein paar ausladende Bewegungen machte, wußte ich genau, worüber sie sprachen.

»Ihre Mutter hat ihn gesehen«, sagte er, als wir zum Schiff zurücktrotteten.

Einen Tag später war es wieder soweit.

Ich lehnte mich über die Reling und starrte auf die Ufer. Sie glitten eintönig vorüber. Kurz nach Sonnenaufgang hatten wir auf einer Sandbank drei Nilpferde gesehen, unbeweglich wie Grabfiguren, aber außer ein paar Vögeln hatte sich sonst kein Tier mehr gezeigt.

Hinter mir hörte ich Bruchstücke einer spannenden Geschichte: Eine enorme Masse hatte sich aus dem Wasser erhoben, immer höher, hatte das Kanu umgeworfen und alle getötet.

Ich drehte mich um. Unter dem leinenen Vordeck saßen Peter und einer der Soldaten, die an der Grenze an Bord gekommen waren. Der Mann war offensichtlich ein guter Erzähler, denn Peter schlug mit der Faust in seine Hand. Vergnügt suchte er meinen Blick.

Einen Moment überlegte ich, ob er verrückt sei – verrückt wie Ahab mit seinem elfenbeinfarbenen Bein bei der Jagd auf den weißen Wal –, dann fragte ich: »Er hat ihn gesehen?«

Peter schüttelte den Kopf.

»Er nicht. Sein Vater.«

Um zwölf Uhr nachts, gerade als ich gestehen wollte, daß ich Geburtstag hatte, zauberte Peter ein Fondanttierchen und ein Fläschchen Jägermeister »drink-it-ice-cold« hervor. Mit herzlichen Glückwünschen. Auf dem schief liegenden Vorderdeck lagen die drei Soldaten im Mondlicht und schliefen. Das Schiff war festgemacht.

»Er schwätzte das Blaue vom Himmel herunter«, sagte Peter.

Und etwas später: »Er hat ihn selbst gesehen.«

In Impfondo, der regionalen Hauptstadt von Nord-Kongo, gingen wir von Bord. Von hier aus würden wir in das Sumpfgebiet vordringen. Schon in den Niederlanden hatten wir uns eine nützliche Adresse beschafft: die des französischen Arztes Devos, eines der wenigen Europäer, die nach der Revolution von 1960 in der Gegend geblieben waren.

»Du hast recht«, sagte er zu Peter, »die Bantus wagen es oft nicht zuzugeben, daß sie ihn gesehen haben. Ihrer Meinung nach darf man dem Tier nicht in die Augen schauen. Und wenn man darüber spricht, stirbt man. Sie sind sehr abergläubisch.«

Der große, in blaues Leinen gekleidete Mann – ich schätzte ihn auf etwa sechzig – erhob sich und lief ein Stückchen über den Hof. Er spähte umher. Kein Wunder, daß das Regime ihn in Ruhe gelassen hat, dachte ich, während ich auf das gut unterhaltene Gelände schaute. Unter der breiten Galerie des Krankenhauses saßen die Patienten und dösten. Bei der Maschinenwerkstatt versuchte man, ein Motorrad wieder in Gang zu bringen. Der einzige Effekt war vorläufig nur dicker, schwarzer Rauch, der zwischen den Palmen abzog. Ein paar Männer, nicht mal einsfünfzig groß, hellhäutiger als die Bantus und außerordentlich muskulös, waren uns aufgefallen. Pygmäen. Mit einem von ihnen kam Devos auf uns zu.

»Wenn du etwas über den Urwald wissen willst, mußt du dich an sie wenden«, sagte er, »was sie sagen, kannst du ruhig glauben.«

Der Mann stieß heisere, lebhafte Laute aus. Devos übersetzte langsam.

»Sie wohnten damals noch am Tele-See. Drei Mokele Mbembe störten sie beim Fischen. Machten die Netze kaputt. Die Boote. Dann versperrten die Männer die Verbindung zwischen dem Fluß und dem See. Mit

Holzpfählen. Ein Tier blieb stecken. Sie töteten es mit Pfeilen. Aber sie haben es nicht gegessen. Das Fleisch des Mokele Mbembe ist giftig.«

Für kurze Zeit war es still. Dann stellte Peter seine unvermeidliche Frage. Doch bevor er antworten konnte, wurde Devos weggerufen. Er wurde in der Klinik gebraucht.

Geraume Zeit redeten wir noch und rauchten. Eine alte Frau mit einer Haut, die orange gefleckt war wie eine Scholle, trieb eine Ziegenherde an uns vorüber. Der Hund, der sie begleitete, legte sich ein Weilchen zu uns. Er trug ein hölzernes Glöckchen um den Hals. Wir besprachen die Taktik, mit der wir versuchen wollten, morgen den Beamten des Ministeriums für Wasser und Wälder zu ködern. Die erforderlichen Genehmigungen würden nicht leicht zu bekommen sein, hatte Devos prophezeit. Von Brazzaville aus wollte man demnächst selbst eine wissenschaftliche Expedition losschicken, um das Tier zu beobachten.

Plötzlich war Devos wieder zurück, und, als ob unser Gespräch nicht unterbrochen worden wäre, sagte er: »Jawohl, zweimal.«

Ich kniff meine Augen halb zu und fuhr mir durch den Bart.

Das erstemal war es nicht weit her damit: Nur der Kopf und der lange Hals eines außergewöhnlichen Tieres, das sich kaum von den Luftwurzeln am Ufer abhob, waren einen Moment sichtbar gewesen, bevor es wieder im Wasser des Likouala-aux-Herbes untertauchte. Vor einem Jahr jedoch hatte er in einer Bucht desselben Flusses den Mokele Mbembe so ziemlich in voller Größe im Morast stehen sehen. Ein rotbraunes

Tier, so etwa zehn Meter lang. Der Körper erinnerte an einen Elefanten, die Füße an ein Krokodil, der Kopf und der Hals an eine Schlange.

»Und du mußt bedenken«, sagte Devos, »ich war ganz nahe dran. Die Entfernung zwischen ihm und mir betrug vielleicht dreißig Meter. Ganz deutlich sah ich beispielsweise das seltsame Gebilde, das vom Kopf über die gesamte Rückenlänge bis zum Schwanz verlief. Ein glänzendbraunes Gewebe, das wie ein Hahnenkamm abstand.«

Abends in der offenen Tür unseres Zimmers ertappte ich mich dabei, wie ich sie belauschte: Devos und den Pygmäen. Sie saßen vor der Hütte – einem Iglu aus Gummibaum- und Bananenblättern –, vor der schon den ganzen Tag lang ein Feuerchen geflackert hatte. Im Widerschein der Flammen sahen die beiden Gesichter völlig gleich aus. Als ob ich durch ein Schlüsselloch schaute, hatte ich den Eindruck, einen Ausschnitt eines ungewöhnlichen, nicht für mich bestimmten Ganzen zu beobachten. Was wollte ich herausfinden? Der Pygmäe führte einen kleinen Gegenstand an seine Lippen. Ich sah genau hin, und kurz bevor ein hohes Pfeifen ertönte, schienen die Gesichter zu verschwinden, verschmolzen sie mit der Blätterhütte, der Dunkelheit und dem Urwald, der alles und alle umschloß. Dann kam Peter die Galerie entlanggeschlendert. Ich sah den glühenden Punkt der Zigarette in seinem Mundwinkel »Er imitiert das Rufen der Zwergohreule«, sagte er.

Es war diese lässige Bemerkung, die die Verlassenheit und Rätselhaftigkeit dieses Ortes erst richtig für mich spürbar machte.

»Hast du eine Zigarette für mich?« fragte ich.

»Es lebe die Erschließung des Urwalds!«

An verschiedenen Stellen in Impfondo waren Spruchbänder mit französischsprachigen Parolen aufgehängt. Der erste Abschnitt der Straße durch den für undurchdringlich gehaltenen Sumpfwald war fertig, und man hatte beschlossen, das zu feiern. »Es lebe die Revolution!« – »Es lebe Djombo Nobotje!« Am Morgen, als die Spruchbänder auftauchten, erhielten wir unerwartet die Erlaubnis, uns zehn Tage und keinen Tag länger im Likouala-Gebiet aufzuhalten.

Wir fuhren am folgenden Tag bei Sonnenaufgang los.

Der Lastwagen donnerte über die Straße. In der Fahrerkabine pfiffen die beiden Brasilianer den Bossanova aus ihrem Kassettenrecorder mit. Urwald ist Urwald, hatten sie hier gedacht, und die brasilianischen Arbeiter, die viel mehr Erfahrung mit derartigen Straßen hatten als sie, waren mit Material und allem anderen in Transportflugzeugen herbeigeholt worden.

Wir saßen zu dritt hinten, Peter, ich und der ordentlich gekleidete Bantu, der am Ausgang der Stadt gestanden und gewartet hatte. Er war Lehrer in einem entlegenen Dorf, erzählte er, und fuhr schon seit Wochen morgens mit den Straßenarbeitern mit. Sein Französisch klang tadellos, er redete in der geduldigen Art eines Menschen, der gewohnt ist, die Dinge durch Wiederholung zu erklären.

»Aber ja«, sagte er, »natürlich.« Und er fing an, an seinen Fingern abzuzählen: »Der Mokele Mbembe, der Gorilla, der Waldelefant, das Okapi, der Leopard, alles Tiere, die in dieser Gegend heimisch sind.«

Meine Augen wanderten über sein sympathisches

Gesicht, die baumwollene Jacke, die Aktentasche auf seinen Knien und blieben an seinen bloßen Füßen hängen. Muskulöse Füße waren das, mit einer bestimmt einen Zentimeter dicken Hornhautschicht.

Etwa zehn Minuten später tippte er dem Fahrer auf die Schulter. Er schüttelte jedem die Hand und stieg aus. Durch die verstaubte Scheibe sah ich, daß er auf seine Uhr schaute, bevor er im Busch verschwand. Nirgends war ein Pfad. Zwischen den Bäumen stand eine Straßenbaumaschine, der offene Greifer hing herunter. Ein eiserner Dinosaurier. Nichts deutete auf die Anwesenheit menschlichen Lebens hin.

Unter Gitarrenklängen und einmal einem kurzen, leidenschaftlichen Lied, gesungen von einer Frau, erreichten wir das plötzliche Ende der Straße.

»Adeus!« riefen die Männer uns nach. »Adeus!«

Und auch wir sagten: »Adeus!«

Auf einem schmalen Pfad durch den Dschungel waren wir zum Fluß Likouala-aux-Herbes gelaufen. Unsere Rucksäcke wogen noch so etwa zwanzig Kilo, nachdem wir einen Teil unseres Gepäcks bei Devos zurückgelassen hatten. Auf unserem schnellen Marsch in der Hitze war mir das eigentlich noch zuviel.

Peter lief voraus. Er schwitzte wieder gewaltig. Auf seinem Baumwollhemd und seiner Hose zeigten sich dunkle Flecken. Aber sobald er sich halb umdrehte, sah ich, daß sein Gesicht keine Spur von Erschöpfung zeigte. »Schau mal«, deutete er dann auf etwas und nannte mir den Namen eines Vogels, eines Affen oder eines kleinen behaarten Tieres, das uns aus dem Blätterwerk beäugte. Viel Zeit hatten wir jedoch nicht, unsere Umgebung aufmerksam zu betrachten. Die schrecklich kurze Frist, für die unsere Genehmigung galt, war angebrochen.

Als wir am zweiten Morgen aus einem dumpfen Schlaf erwachten – auch jetzt in der Trockenzeit war die Luft schwer und feucht –, trafen wir drei Soldaten an, die sich im Gras vor unserem Zelt niedergelassen hatten. Sie waren durchaus bereit zu warten, bis wir unser Frühstück aus mit Wasser und Milchpulver angerührtem Brintabrei verzehrt hatten, führten uns dann aber doch mehr oder weniger ab.

In der Gluthitze der nahegelegenen Garnisonsstadt verhandelten wir einen Tag lang mit einem ruhigen, gewieften Leutnant. Schließlich waren wir uns einig: Gegen Bezahlung von 80 000 kongolesischen Francs, etwa sechshundert Gulden, wurde uns eine Prau mit Außenbordmotor zur Verfügung gestellt. Ein großer Vorteil. Nun konnten wir die ganzen vierzig Kilometer auf dem Fluß zurücklegen bis zum Dorf Boa. »Denken Sie daran«, betonte allerdings auch diese Autorität, »daß Sie sich keinen Tag länger in diesem Gebiet aufhalten dürfen, als in der Erlaubnis steht.«

Der Nachteil bei diesem Geschäft war der Soldat Alain. So sehr wir ihn auch abwimmeln wollten und uns kopfschüttelnd bedankten, dieser Soldat sollte uns von da an stets begleiten. »Zu Ihrem Schutz«, wurde uns versichert. Aber wir sahen das anders. Der Vormund schickte einen Diener mit, um die Zeit um Mitternacht im Auge zu behalten.

»Ich komme aus Brazzaville. Ich hasse den Sumpf. Und ich hasse es, in diesem verdammten Kahn zu fahren«, war der einzige Einblick in sein Seelenleben, den

Alain uns am nächsten Tag gönnte, als wir in aller Frühe den glitzernden Fluß hinauffuhren. Im übrigen steuerte er nur Schweigen bei.

Und er saß so regungslos in der Mitte des schmalen Bootes, daß es so aussah, als transportierten Peter vorne mit Fernglas und Fotoapparat und ich am Ruder einen gefesselten Gefangenen.

Das Gewehr, das die ganze Zeit auf seinen Knien lag, kam uns unsinnig vor.

Natürlich verstand ich, daß Peter diesem barschen Kerl gegenüber das Thema, von dem er besessen war, nicht erwähnte. So war es ein stiller Tag.

Eingehüllt in Feuchtigkeit und Wärme trieben wir mit leise brummendem Motor wie in einem Traum durch das Sumpfgebiet. Die grünlichen und braunen Tümpel, die gewaltigen Luftwurzeln der Bäume, die unzähligen Vögel: Es war nicht so schwer sich vorzustellen, daß dieses Gebiet unberührt geblieben war. Millionen Jahre lang.

Hier konnte alles überleben.

Ich schaute zu Peter, der sein Fernglas sinken ließ und seinen Fotoapparat auf eine – wie mir schien – beliebige Stelle richtete. Was versuchte er zu beobachten? Plötzlich wurde mir bewußt, daß er schon tagelang auch zu mir nichts über den Dinosaurier gesagt hatte.

Am späten Nachmittag erreichten wir Boa. Dieses Dorf war der Mittelpunkt, ein wahrer Segen für unseren Plan. Es sollte mir immer ein Rätsel bleiben, warum keine der früheren Expeditionen darauf gestoßen war. Ein Viertelstündchen am Computer der Universitätsbibliothek in Utrecht hatte mich gelehrt, daß der Tele-See von den Einwohnern von Boa als ihr Besitz betrachtet wurde; nach einer unbekannten Katastrophe hatten sie das alte, unmittelbar am See gelegene Dorf verlassen und sich fünfzig Kilometer weiter am Fluß niedergelassen; aber es war ihr Gebiet geblieben, sie kannten sich da aus.

An diesem Abend hatte ich die Karte vor Peter ausgebreitet. Ich hatte mit Bleistift eine Linie gezogen.

»Das ist die Route, die wir einschlagen müssen.«

Ich hatte Kreuzchen eingezeichnet. Lager eins, Lager zwei, Lager drei. Siehst du? Lager vier ist Boa.

»Da nehmen wir vier oder fünf Führer und Träger«, hatte ich gesagt.

Er stimmte meinem Plan sofort zu.

»Peter!«

Er drehte sich langsam um und kam auf mich zu. Widerwillig, wie es schien. Genauso wie die Hand auf dem Foto nahm ich einen Zweig und bog ihn herunter. Es hingen zwei Früchte dran.

»Und?« fragte ich, als er näher gekommen war.

»Molombos«, gab er zu.

Tatsächlich. Die Nahrung des Mokele Mbembe. Ich schaute bedeutungsvoll nach oben. Ab einer Höhe von einigen Metern war die hohe, lianenartige Pflanze kahlgefressen. Deutlich sah man die abgebrochenen Zweige.

Er nickte und schaute über seine Schulter. Weiter vorne waren die fünf Jäger stehengeblieben. Alain, der mürrisch ein Stückchen von ihnen entfernt stand, zündete sich eine Zigarette an.

»Laß uns weitergehen«, sagte Peter.

Und wir gingen weiter. So wie wir es schon den ganzen Morgen getan hatten: schweigend, schwitzend, uns dem Schritt der fünf Männer aus Boa anpassend.

Die hatten sich am Abend zuvor mit viel Lärm betrunken, nachdem sie zwischen uns und den Dorfoberen vermittelt hatten. »Wir müssen die Seelen unserer Vorfahren beschwichtigen, während Sie ihr Gebiet betreten.«

Dafür war Alkohol nötig. Eine ganze Menge. Also gaben wir dem Dorfältesten das Geld, das wir noch erübrigen konnten. Außerdem nahmen sie einige Geschenke an: eine Uhr, eine Taschenlampe und unsere Käppis. Ein paarmal wurde der Mokele Mbembe erwähnt, und daß wir ihn suchten. Ich merkte, daß jeder das Tier für eine Selbstverständlichkeit hielt. Machte man deshalb so wenig Worte darum? »Die Art, wie wir dieses Tier wie einen Gegenstand aufzuspuren versuchen, ist ihnen fremd«, sagte Peter.

Aber es war in Ordnung. Die fünf besten Jäger des Dorfes sollten uns begleiten. Es schienen mir fröhliche Leute zu sein.

Als sie heute morgen erschienen, hatten sie sich verwandelt. Sie hatten ihre Speere dabei und trugen geflochtene Körbe auf dem Rücken. Ihre Gesichter sahen dumpf und verschlossen aus.

Unser Gepäck mußten wir selbst tragen.

Der Tunnel wurde enger. Nur grüngefiltertes Tageslicht drang noch durch. Dunstig. Trübe. Ich atmete durch den Mund. Wenn ich schluckte, schmeckte ich die Schlammluft aus meinen Bronchien.

Wir liefen hintereinander. Blaue Schmetterlinge umschwärmten Peter, der vorne in der Reihe zwischen den Bantus ging. Irgend etwas an seinem Körpergeruch schien sie anzulocken. Einige saßen ihm auf Kopf und Schultern. Er verscheuchte sie nicht.

Alain blieb immer ein wenig zurück. Ich fragte mich, bei wem er sich weniger wohl fühlte, bei den Jägern oder bei uns. Sein Gesicht wirkte schläfrig. Auch traurig. Er trug seine Uniformjacke, sein albernes Gewehr über der Schulter und war wie die anderen Bantus barfuß.

Ich schaute auf den hin und her schwankenden Korb vor mir. Es lagen ein paar tote Tiere darin, ein Buschferkel, eine kleine Antilope ohne Kopf. Sie waren heute morgen vor meinen Augen fast nebenbei erbeutet worden. In dem Augenblick, in dem ich den Mann hinter mir leise etwas gefragt hatte, war sein Speer an mir vorbeigeschossen. Es war mir wie ein Reflex vorgekommen.

Jagen heißt lauschen, so viel hatte ich schon begriffen. Die Schweigsamkeit war ein Werkzeug. Aber während wir tiefer in den Urwald eindrangen, begann ich etwas zu spüren von der Art von Konzentration, die auf etwas viel Umfassenderes gerichtet ist als ein einziges persönliches Ziel.

Kurz darauf blieben alle stehen. Das war nicht zu übersehen. Wieder waren die Molombosträucher angefressen, aber aufschlußreicher war die meterbreite Spur zertrampelter und heruntergerissener Pflanzen auf dem Pfad, der direkt in den Dschungel führte.

Ich war der erste, der die Spur betrat. Breit und verwüstet verlief sie etwa zwanzig Meter weiter und endete in einem schlammigen Tümpel.

»Der Mokele Mbembe?« fragte ich ohne Umschweife einen der Bantus.

Er nickte. »Ja, ja, der Mokele Mbembe.« Es klang so, als gäbe er einem Kind recht, aber ich drehte mich zu Peter um und gab ihm einen kräftigen Stoß.

»Wir sind ihm auf der Spur!« schrie ich.

Auch er lachte nachsichtig, sagte aber weiter nichts.

Mein Grübeln über seine sonderbare Schweigsamkeit – War es eine Frage der Anpassung? An den Urwald, an die Jäger, an die Tiere? – wurde durch einen Tumult unterbrochen. Peter und ich gingen auf das Gekreisch und Geschrei zu.

Wir wurden Zeugen einer Abschlachtung.

Sie hatten zwei Gorillas gefangen. Die riesigen schwarzen Leiber zappelten noch. Sie stachen mit ihren Speeren in ein paar ganz bestimmte Stellen, danach blieben die Tiere still liegen. Auf ihren Rücken, mit ausgebreiteten Armen. Es waren Weibchen. Sie schnitten ihnen die Köpfe ab und schlugen dann mit großer Gewalt auf die Körper ein

»Warum tun sie das?« fragte ich.

»Sie brechen die Knochen. Dann ist das Fleisch einfacher zu transportieren«, sagte Peter.

Wir gingen an diesem Tag nicht mehr weit. Vor der Dämmerung schlugen wir in einer Lichtung unser Nachtlager auf. Die Bantus zündeten stark rauchende Feuer an, über die sie aus Bambus geflochtene Gitterroste auf hohen Beinen stellten. Darauf legten sie die Fleischbrocken der gefangenen Tiere. Mit Haut und Haar. Zuerst stank es gewaltig, aber nach einiger Zeit verbreitete sich ein Duft, der hungrig machte. Auch wir aßen von dem Gorillafleisch. Es war zart und würzig.

In dieser Nacht träumte ich nicht. Vielleicht schlief ich auch nicht. Ich lag in der unermeßlichen Finsternis und lauschte dem Urwald. Er gebärdete sich immer ungestümer. Erst als ein monotones, ungeheures Gebrüll immer näher kam, schoß ich hoch.

Stille. Um die rauchenden Feuerstellen lagen die zusammengerollten Gestalten von Unbekannten.

Jetzt ging ich hinter Peter her. Es war wahrscheinlich sein übermäßiges Schwitzen, das die Insekten anzog. Die blauen Schmetterlinge bedeckten seinen Kopf und seine Schultern. Als Kind wurde ich einmal von meiner Mutter zu einer Aufführung der ›Zauberflöte‹ mitgenommen.

Es hatte sich in mir eingenistet. Der Urwald oder das Tier, ich konnte es nicht mehr unterscheiden. Meine Augen und Ohren waren angespannt, undeutlich war mir bewußt, daß meine Stimmung übersinnlich war: Ich hielt nach dem Tier Ausschau.

Doch auch ich hatte nicht mehr das Bedürfnis zu sprechen. Diese Strecke war noch schwieriger als die gestrige. Die üppige Flora hatte etwas Abstoßendes — saftig, schwülstig —, der Boden fing an, matschig zu werden und sog an unseren Füßen. Als ich mich umschaute, merkte ich, daß der Bantu hinter mir etwas keuchte.

Um die Mittagszeit machten wir Rast. Wir schöpften Wasser aus einem Tümpel, das Peter und ich desinfizierten, bevor wir es tranken. Die Bantus gaben uns einige Maniokwurzeln. Die Hitze nahm zu. Es war an diesem Tag noch keinen Augenblick hell gewesen.

»Morgen erreichen wir den Tele-See«, sagte Peter.

Einen Moment fragte ich mich, wovon er redete.

Die Dämmerung brach herein, ohne daß ich mich erinnerte, daß der Nachmittag vorübergegangen war. An ein einziges Bild konnte ich mich erinnern: Peter, der von Kopf bis Fuß mit Schmetterlingen bedeckt war und sich grinsend zu mir umdrehte. »Willst du eine Zigarette?«

Die Bantus zündeten ihre Feuer an. Sie stellten ihre Roste mit dem Fleisch auf, wie am vergangenen Tag. Wenn es auf diese Weise geräuchert wurde, würde es sich monatelang halten, sagten sie.

Nachts wurde ich vom Regen wach. Vom Regen. Ich hatte meinen Schlafsack zwischen ein paar Baumwurzeln ausgerollt und war darauf eingeschlafen, zu erschöpft, zu erhitzt, um hineinzukriechen. Nun spürte ich die Tropfen auf meinen Beinen. Ich sah, daß Peter den Reißverschluß seines Schlafsacks zuzog. Die Bantus blieben einfach auf ihren Matten liegen. Alain wie ein Kind auf dem Bauch, den Arm über sein Gewehr gelegt. Dann fing es zu rauschen an, der Urwald mußte den senkrechten Strom hindurchlassen. Ich wurde klatschnaß, kühlte aber nicht sofort ab. Das passierte erst, als die Mulde, in der ich lag, sich allmählich füllte, bis mir das Wasser zu den Beinen, zu den Hoden, zum Bauch stieg und ich mit einem überwältigenden Gefühl von Wohlbehagen – vor fünfundzwanzig Jahren in der Dunkelheit des Mutterleibes konnte es mir nicht besser gegangen sein – wieder einschlummerte.

Am folgenden Morgen bohrten wir uns weiter in den Boden hinein, wie mir schien. Ich hatte jegliches Zeit- und Ortsgefühl verloren. Dampfend war ich aufgestanden. Innerhalb von zehn Minuten war alles an mir wieder trocken. Wir kletterten jetzt mehr, als daß wir liefen, von dem Pfad war nicht mehr viel übrig. Plötzlich blieben die Bantus stehen.

»Der Tele-See« sagte einer von ihnen. Er gestikulierte mit seinem Arm.

Zuerst verstanden wir es nicht. Der Mann zeigte nach oben. Dann sahen wir den weißen Schein über den Bäumen hängen. Ich atmete tief ein. Die Luft schien mir frischer.

Noch ganz unvermutet standen wir am dunkelgrünen Wasser. Der Urwald war bis dicht an den Rand des Wassers vorgedrungen und hatte erst im letzten Moment innegehalten.

Durchmesser: so dreihundert Meter, schätzte ich.

Peter taumelte und packte meine Schulter.

»Der Tele-See, Eduard. Wir haben es geschafft!«

Der Schweiß tropfte ihm von seinem rot angelaufenen Gesicht den Hals hinunter, aber die Schmetterlinge waren verschwunden. Er wischte sich über die Augen.

Ich beobachtete das trübe Wasser und stellte fest, daß ein paar kleine Bächlein hineinmündeten.

Vielleicht eine Stunde später sah ich den Mokele Mbembe.

Ich saß auf einer Baumwurzel und starrte über den See. Stille. Zwei Vögel mit roten Hauben strichen vorbei. Der zermürbende Marsch war aus meinem Gedächtnis und meinem Körper verschwunden. Ich war hier ganz zufällig. Auch der Zeitpunkt, Samstag, 20. Februar 1988, 12 Uhr 10, schien keinen Bezug zu vorhergegangenen Ereignissen zu haben. Die Klarheit der Luft verwunderte mich. Frostluft. Gerade kam mir das Bild meiner Mutter vor Augen, wie sie ihren Oberkörper aus dem Küchenfenster lehnte, um mir den Fön zu reichen, mit dem ich versuchen sollte, die Leitung des Außenhahns aufzutauen. Als ich meinen Blick wieder senkte, sah ich ihn stehen. Er mußte aus dem Flußlauf rechts von mir aufgetaucht sein.

Ein rotbrauner Körper von bestimmt zehn Meter Länge. Er hob sich gegen die Baumwurzeln am Ufer nicht einmal so sehr ab. Er wiegte seinen naßglänzenden Hals hin und her, während er mich mit seinen Reptilienaugen ungerührt ansah. In dem kleinen Kopf saßen die Nasenlöcher weit oben. Das Maul war ziemlich komisch nach unten gezogen. Wie lange wir uns ansahen, weiß ich nicht, aber es gab nichts in seiner Erscheinung, was mir Angst einflößte. Ich beobachtete ihn still.

Es war ein Dinosaurier. Ohne Zweifel.

Erst nachdem er mit einem gewaltigen Plumps im Wasser verschwunden war und die sich ausbreitenden Kreise auf dem Wasser immer flacher wurden, fing ich an, mich zu wundern.

Unter den Palmen – das einzige, was noch von dem alten Dorf Boa übriggeblieben war – ergänzte Peter noch immer eifrig seine Notizen.

»Hast du den Plumps nicht gehört?« fragte ich.

Während er weiterschrieb, erzählte ich ihm, daß ich den Mokele Mbembe gesehen hatte.

Seine Reaktion darauf war nicht gerade sympathisch.

»Unmöglich!« rief er. Aber er sprang auf. Sein erster Blick galt dem Fotoapparat, der um meinen Hals hing.

»Komm nur mit«, sagte ich. »Die Fotos machen wir schon noch. Das Tier sitzt da ganz einfach.«

Eine ganze Weile saßen wir am See. Ich fing an, mich

müde zu fühlen. Über meine Brust lief eine Schweiß-spur, kalt wie ein Messer. Ein paarmal durchfuhr mich ein Schauer. Vielleicht war der Regen heute nacht doch nicht so gut gewesen.

Ich erzählte Peter bis ins Detail, wie der Dinosaurier ausgesehen hatte. »Und du mußt bedenken«, versi-cherte ich ihm, »ich war ganz nahe dran. Die Entfer-nung zwischen ihm und mir betrug vielleicht dreißig Meter. Ganz deutlich sah ich beispielsweise dieses eigenartige Gebilde, das abstand wie ein Hahnen-kamm ...«

Er sah mich scharf an. Genau in dem Moment be-gannen die Schauer erst richtig. Ich wollte aufstehen, aber meine Beine rutschten so albern weg in dem schlammigen Boden.

»Du bist krank«, sagte Peter.

Ich konnte nicht einmal ohne seine Hilfe in meinen Schlafsack kriechen.

In jener Nacht wußte ich, daß ich sterben würde. »Halt meine Hand fest«, sagte ich deshalb zu Peter. Er erfüllte meine Bitte, aber nicht ohne vorher meinen Kopf hochzuheben, eine Handvoll Pillen in meinen Mund zu werfen und mir ziemlich unsanft einen Schluck dreckiges Wasser zu trinken zu geben.

Ich weiß, daß die Welt fest mit zwei Beinen auf dem Boden stehen muß. Zeit und Ort: Echtheitszertifikate. Aber als ich starb, in jener Nacht im Urwald, wurde mir klar, daß es nur Vereinbarungen waren. Praktisch im Gebrauch, mehr nicht.

Denn manchmal war der schwarze Himmel voll von dem Gestank von verbranntem Fell und scharf angebratener Haut – die Jäger hatten ihren Tag gut genutzt –, und manchmal konnte ich zwischen den Bäumen hindurch die zusammengeduckte Figur von Peter sehen, wie er in der größten Tageshitze über den See spähte. »Du kannst nicht erwarten, daß wir in den Urwald hineindonnern und so mir nichts dir nichts das Tier herbeitrommeln«, brummte er mir ins Ohr und wiederholte das Ritual mit den Pillen. Dann plötzlich stand meine Mutter vom Tisch auf, den einen Arm bis zum Ellbogen mit schmutzigen Tellern beladen, und sagte: »Ein Dinosaurier, ich bin neugierig!«, dann wieder winkte uns Devos mit einer Handbewegung herbei, wir setzten uns um das Feuer, und der Pygmäe gab uns ein zusammengerolltes Eukalyptusblatt mit hellbraunem Tabak. Ich gehöre dazu, dachte ich vergnügt. Um meinen Kopf summte eine Fliege. Für kurze Zeit klang mir ihr Gesumm tief im Ohr und ging dann über in das hohe Rufen der Zwergohreule. Wieder saß Peter am Wasser, nun aber mit einem Tuch um den Kopf gegen die Sonne. Man konnte gleich sehen, daß seine Gedanken eine weite Reise machten. »Ja, weißt du«, knurrte er mich leise an, »wir wollten das Geheimnis mal schnell lüften.« Ich sah Alain mit seinem unfreundlichen Gesicht auf uns zukommen. »Aufbrechen!« kommandierte er. Natürlich verpaßte ich den Mokele Mbembe. Aber ich verstand, daß er abwesend war. Ein Fiebertraum gehört nicht zur Wirklichkeit.

Und während ich in die Finsternis, in die Flammen, auf die schlafenden Männer starrte, wurde der Abstand zwischen mir und den Wellenbewegungen dieses unglaublich schönen, klaren Musters größer und größer …

Eines Morgens erwachte ich mit einem kühlen Kopf. Während ein Gefühl des Bedauerns, des Verlustes rasch von mir wich – diesem vagen Etwas hinterher, das schon früher, unaufhaltsam wie Wasser aus meinen Händen weggeströmt war –, kam ich hoch.

Sie saßen beim Frühstück. Ich roch Maniok und Brinta. Peter hob die Hand und verbeugte sich.

»Guten Morgen, Eduard!«

Ich schlenderte auf ihn zu und fragte ihn nach dem Verlauf meiner Krankheit.

»Na ja«, sagte er, »du bist gestern nachmittag plötzlich zusammengebrochen. Ich hätte nicht gedacht, daß du so schnell wieder auf den Beinen sein würdest.«

Da kam Alain auf uns zu und sagte, daß wir heute aufbrechen würden. Peter reagierte wütend. Nach unserer Rechnung hatten wir noch zwei Tage Zeit. Das Wort »salaud« fiel, es galt Alain. Sie standen noch da und stritten sich, als die Jäger anfingen, ihre Körbe zu packen. Ich fragte mich, was Peter hier noch hätte machen wollen.

Einen Tag später rettete ich ihm das Leben.

Wir hatten einen unangenehmen Marsch hinter uns. Alain trieb uns an. Er gönnte uns kaum Zeit zum Essen oder, um in der größten Tageshitze mal auszuruhen. Jedesmal kam er wieder mit seinem unfreundlichen Gesicht angelaufen. »Aufbrechen!« Und dann hängte er sein Gewehr von der einen Schulter über die andere. Peter schien durcheinander zu sein. Nervös. Ein paarmal hatte ich den Eindruck, daß er mich beobachtete, aber wenn sich unsere Augen begegneten, schaute er weg.

Wir kamen zu der Stelle, an der die Gorillas erbeutet

worden waren. Ohne auf Alains Proteste zu achten, ging Peter die zerwühlte Spur entlang. Ich folgte ihm. Die beiden Köpfe der getöteten Tiere lagen noch da. Weiß, wimmelnd von Maden. Er nahm sein Messer. Noch nie habe ich jemand bei einer so schmierigen Arbeit gesehen. Er kratzte die Schädel sauber. Das stinkende Fleisch, die Augen, die sich krümmenden Würmer, er schabte alles geduldig ab.

Er sah kurz hoch. Seine Augen waren matt.

»Es ist nicht einmal bekannt, daß hier Gorillas vorkommen«, sagte er.

Plötzlich stand Alain da. Er hielt das Gewehr in seinen Händen. Peter beachtete ihn nicht und lief zum nahen Flußlauf. Ich sah, daß er anfing, die Schädel sauber zu schrubben. Als er zurückkam, hatte Alain das Gewehr im Anschlag.

»Gib sie mir«, befahl er.

Peter biß die Lippen zusammen. Mit gespreizten Beinen, die tropfenden Schädel an sich gedrückt, sagte er: »Da kannst du eher tot umfallen.«

Nicht das Anheben des Gewehrs, nicht die Handbewegung, die etwas an der Mechanik verschob, die drohend klickte, sondern der Gesichtsausdruck des Soldaten hieß mich entscheiden. Angst.

Ich lief auf Peter zu und nahm ihm die Schädel aus den Händen. Sie waren scheußlich anzufassen. Ich übergab einen nach dem anderen Alain, der sie, ohne die Augen von Peter abzuwenden, über seine Schulter in die Sträucher warf.

Immerhin klärte sich danach einiges. Ich weiß nicht, warum. Das Marschtempo wurde ruhiger. Peter und ich sprachen leise miteinander, und Alain blieb wie auf dem Hinweg ein bißchen zurück und kümmerte sich um nichts mehr.

Am frühen Vormittag des nächsten Tages waren wir zurück in Boa. Peter und ich wurden wie befreundete Häuptlinge empfangen; es begann ein Fest, das bis tief in die Nacht hinein dauerte; wir durften fotografieren, was wir wollten. Sie erzählten uns, daß die Ahnen sehr gut auf unsere Reise zu sprechen gewesen waren.

Weder sie noch wir erwähnten den Mokele Mbembe.

Die Rückreise verlief mühsam. An vielen Stellen war der Ubangi nicht befahrbar, unser Geld und unsere Verpflegung gingen zu Ende, und in Impfondo saßen wir zwei Tage auf dem Polizeirevier fest. Bevor man uns gehen ließ, wurden unsere Filme und unser Fotoapparat beschlagnahmt. Niemals würden wir beweisen können, auch nur einen Fuß in den Urwald gesetzt zu haben! Das Flugzeug startete in Bangui mit zehn Stunden Verspätung.

In Marseille wohnten wir in einem Hotel am Hafen. Nachmittags ging ich zum Friseur. Der Mann schaute mit verschränkten Armen zu, als ich mich zum Spiegel beugte. Der weiße Fleck in meinem Gesicht sah wie Büttenpapier aus. Neben dem Mund verliefen ein paar Risse.

Am 11. März verließen wir mit dem Zug Paris. Während Nordfrankreich in dichtem Nebel vorüberglitt, ödete mich Peter mit einer Forschungsarbeit an, die er bei seiner Rückkehr anpacken wollte. Sie hatte etwas zu tun mit der Form der Flügel einer bestimmten Mottenart, die auf der Maulbeere lebt, oder so etwas ähnlichem. Er müßte dafür in den Fernen Osten, China oder Japan.

Am Bahnhof in Utrecht erwartete mich meine Mutter. Ihr rot geschminkter Mund überraschte mich. Mit raschen Blicken musterte sie mich. »Und?« fragte sie, nachdem ich sie geküßt hatte. »Was meinst du damit?« fragte ich. Ein wenig ungeduldig sagte sie: »Na, wie ist das nun mit dem Tier? Dem Dinosaurier?«

Gerührt von ihrer Neugierde umarmte ich sie noch einmal.

»Gut, ja«, sagte ich. »Es gibt ihn.«

Im selben Augenblick fielen mir die Bilder jenes Tages wieder ein und ich begriff, daß nichts von dem, was ich erlebt hatte, verschwunden war. Nicht die Stille eines tropischen Sees, nicht der Augenkontakt mit einem urweltlichen Tier und auch nicht die Selbstverständlichkeit und ja, eigentlich das Glück dieser ganzen Situation. Ich grinste Peter zu, der gerade angelaufen kam.

Morgendämmerung

Es war noch dunkel, als sie merkte, daß er aufstand und anfing, im Zimmer herumzustöbern.

»Komm wieder ins Bett, Jacques«, murmelte sie. »Es ist noch zu früh.«

Er reagierte nicht, sondern öffnete tastend den Wäscheschrank. Er kramte in der Wäsche herum.

»Ich muß mich waschen«, sagte er.

Eingehüllt in ihre Decken und Laken fühlte sie doch, daß es über Nacht kalt geworden war. Hinter den Gardinen hing eine seltsame Stille. Vielleicht hatte es geschneit. Die Dusche begann zu rauschen, und sie schlummerte wieder ein; sie träumte lebhaft.

Als sie zum zweitenmal wach wurde, saß er angezogen auf dem Bett. Die Gardinen waren zurückgezogen.

»Nein, nicht diese Socken.«

Sie deutete mit dem Kopf nach draußen. In der Dämmerung waren die Häuser auf der anderen Straßenseite zu sehen. Auf den Dächern lag eine dünne Schneeschicht.

»Es ist kalt. Zieh die blauen an, Junge. Die dicken wollenen.«

Sie stieg aus dem Bett, nahm die Socken aus der Schublade und setzte sich neben ihn auf den Bettrand. Sie war eine dicke Frau mit glattem Gesicht und wäßrigen, hellblauen Augen. Alter unbestimmt. Sechzig vielleicht, oder siebzig. Während sie ihm die Socken anzog und mit beiden Händen seine großen Füße ein bißchen rieb, blieb der Mann kerzengerade sitzen und schaute still vor sich hin. Auch er hatte blaue Augen, dunkel und tiefliegend.

»Geh dich jetzt mal rasieren«, sagte sie.

Es war fast acht Uhr, als sie beim Frühstück saßen. Sie hatte Orangen ausgepreßt und Eier gebraten. Sie reichte ihm das Brotkörbchen.

»Und wieviel darf ich davon nehmen?« fragte er.

»Soviel du willst. Iß nur tüchtig.«

Er nahm zwei Brötchen und legte sie neben seinen Teller. Während er ein drittes aufzuschneiden begann, setzte sie ihre Brille auf und schlug die Zeitung auf. Gemütlich las sie alle Meldungen, sie hatte keine besondere Vorliebe. Sie aß nichts, trank aber die ganze Kanne Tee leer. So ab und zu sah sie kurz hoch und begegnete seinen Augen. Er kaute kräftig, sein Gesicht war in voller Bewegung.

Dieser große Mann hatte schon immer viel gegessen. Er war von Natur aus verfressen. So jung sie auch gewesen war, hatte sie das sofort begriffen. Mit solchen Händen. Mit so einem breiten Mund. »Diesen Sommer heirate ich sie!« hatte er verkündet, sich mit unheimlicher Fröhlichkeit im Familienkreise umgesehen, und das Gänschen wurde in die Nähe der beiden eleganten Schwägerinnen plaziert. Das Gänschen saß einen ganzen Abend lang auf einem Stuhl mit gerader Lehne und wandte kein Auge von seinem dröhnenden Lachen, seinem Trinken, der blutenden Nase, die er seinem Bruder aus Versehen zufügte, den Augen, die ihr quer durch das überfüllte Zimmer zuzwinkerten. Dieser große Mann ihr gegenüber mußte wohl der fröhlichste Mann der Welt sein.

Sie schaute nach draußen. Der Tag war dunstig. Das Auto war mit Schnee bedeckt. Auf der anderen Straßenseite wurden beinahe gleichzeitig zwei Türen geöffnet. Es erschienen Männer in dunklen Mänteln. Sie gingen zu ihren Autos und fingen an, die Scheiben sauber zu machen. Einer von ihnen hatte Probleme beim Starten. Danach lief der Motor lange im Leerlauf. Abgase zogen durch die Straße.

Er war nun fertig mit Essen und sah sie mit seinem üblichen gequälten Gesicht an. Die Angst der letzten Jahre hatte seine Züge scharf werden lassen. Es schien, als wollte er seine Augen verbergen, so tief lagen sie in den Augenhöhlen, und neben seiner einstigen Feinschmeckernase, die jetzt wie ein eckiger Schnabel aussah, verliefen zwei tiefe Furchen. Seine Lippen waren voller Krümel.

»Wir gehen gleich«, sagte sie, »Wir warten nur noch, bis die Stoßzeit vorbei ist.«

Er stand auf, um sich die Hände und das Gesicht zu waschen.

»Wo bringst du mich hin?« fragte er, als er wieder hereinkam.

»Das weißt du doch genau! Heute fahren wir doch in die ›Morgendämmerung‹.«

Aber natürlich verstand er es nicht. Warum sollte dieser Jäger, dieser Fischer, dieser halbe Zigeuner Verständnis haben für die Herstellung von Aschenbechern? Für den glühend heißen Ofen, in dem sie gebrannt wurden? Für die rote Farbe, mit der er sie bemalen mußte?

Er dachte einen Augenblick nach.

»Ich will bei dir bleiben«, sagte er.

Plötzlich fühlte sie sich unsagbar schuldig. Nicht weil sie ihn in die Tagesstätte brachte, er war da nicht schlechter aufgehoben als zu Hause. Sondern wegen ihrer Einfältigkeit. Heute früh beschlich sie das Gefühl, daß ihre Naivität schändlich war. Warum konnte sie seiner Spur nicht folgen? Warum konnte sie nicht mit seinen Augen sehen? Was war das für ein Schrekken, mit dem er nicht leben konnte?

»Ich komm dich heute abend wieder holen, Liebling«, sagte sie hilflos.

Breit stand er vor ihr. Sie half ihm in seinen Mantel. Vorsichtig führte sie ihn über den Gartenweg. Als sie um das Auto herumlief, um die Scheiben sauber zu machen, kam es ihr so vor, als wäre das kleine Auto ganz ausgefüllt mit einem in sich zusammengeduckten Vogel. Zwei Augen folgten ihren Bewegungen mit dem Unverständnis eines Tieres.

Sie fuhren aus dem Dorf hinaus. An der Straße lagen die weißen, totenstillen Ländereien. Erinnerte er sich an die Schüsse, die Spannung, den Triumph? Wenn er nach Hause kam, legte er seine Beute mit den blutigen Haaren, den blutigen Federn in die Scheune. Er war ganz geschickt im Häuten und Rupfen. Die Tiere kamen sauber auf ihre Anrichte. Ein bescheidenes Opfer. Sie war immer gut gewesen im Zubereiten von Wild, und es war wirklich schade, daß er sich schon jahrelang weigerte, irgendein Tier zu essen.

Sie fuhr vorsichtig. Es war nicht viel Verkehr, aber es konnte ja hier und da glatt sein.

»Schau mal, Jacques, wie schön«, sagte sie, als sie sich den Seen näherten.

Er starrte sie nur von der Seite her an.

Die schmale Straße war nicht mehr als ein Deich zwischen den Seen. Eine verschleierte Sonne verlieh der Luft und dem Wasser den Glanz von Metall. In der Ferne konnte man kaum die Konturen der Dörfer erkennen. Schön, wirklich, für den, der es sehen konnte. Sie erschrak vor einem unerwarteten Ereignis: Ein Schwarm Vögel flog mit wildem Geschrei über die Straße. Über dem Wasser verteilten sich die Tiere etwas, blieben aber doch beisammen. Plötzlich waren sie wieder verschwunden. Sicher. Unbeirrbar. Vollkommen klar über ihre Lage in Raum und Zeit.

Er war ihr Mann. Sie kannte den Rhythmus seines Atems. Sie kannte seinen Geruch. Ohne ihn anzusehen wußte sie, wie die Schatten auf sein Gesicht fielen. Das Gefühl von Unheil war wieder da, noch schlimmer als vorher zu Hause. Denn sie vermutete, daß es nicht allein seine derzeitige Rätselhaftigkeit war, die sie ausschloß, als ob sie zu einem anderen Planeten gehörte. Er war ihr immer fremd gewesen. Selbst, ja gerade in den Nächten, in denen er sie mit seinem Körper überwältigte.

Mit wem hatte sie ihr Leben verbracht?

Es ging auf zehn Uhr. Grelles Sonnenlicht brach durch. Die Seen links und rechts begannen wie Spiegel zu glänzen.

Es hatte einige Winter gegeben, in denen sie nicht schwanger gewesen war. Sie waren hier Schlittschuh gelaufen. Sie war vor ihm her gelaufen, um einiges schneller als er, zum erstenmal überlegen. Mitten auf der Eisfläche, unter einem Himmel, der Schnee und Sturm verhieß, mit diesem sich abmühenden Teufel hinter sich, hatte sie gefühlt, wie sich ihr Körper bis in seine feinsten Fasern veränderte. Sie wußte mit Sicherheit, daß sie schön war. So schön wie das Schilf und das Eis und die tiefe Schwärze, die unter ihr glänzte. Das ganze Zusammenspiel war vollkommen. Sie erschrak nicht im geringsten vor seinem Zugriff, als er sie doch zu fassen bekam und sie so fest küßte, daß ihre Lippen aufsprangen und bluteten.

Am Ortseingang des nächsten Dorfes waren Ampeln. Es war noch nicht die Zeit, in der man einkaufen geht. Langsam fuhren sie durch eine leere Straße mit modernisierten Geschäften. Überall brannte Neonlicht. Sie merkte, daß er sich umzuschauen begann, und tatsächlich war da auch an der Ecke das farbenfrohe Aushängeschild des Süßwarenladens.

»Willst du was Süßes, Jacques?«

Er nickte erfreut. Sie parkte, lief um das Auto herum und half ihm beim Aussteigen. Vor dem Schaufenster überlegten sie. Schließlich wählte er ein einfaches Schokoladenfigürchen. Im Geschäft mußten sie warten, bis die Verkäuferin eine Reihe weißer Bonbons in die Vitrine eingeräumt hatte, wurden dann aber ganz freundlich bedient. Das Schokoladenfigürchen wurde in ein Klappschächtelchen verpackt und ihm überreicht. Die beiden Frauen lächelten sich über die Ladentheke zu. Er zögerte jedoch, den Laden zu verlassen. Er ging um die Theke herum und nahm die Verkäuferin kurz beiseite.

»Es kann sein, daß mein Mantel mal an den Zuckerstangen entlang gestreift ist«, erklärte er. »Jedenfalls stand ich sehr dicht dran. Vielleicht ist es nicht vernünftig, sie noch zu verkaufen.«

Als sie wieder im Auto saßen, fing er sofort zu essen

an. Es waren ja nur ein paar Bissen. Sie nahm unterdessen ein sauberes Taschentuch und reichte es ihm, sobald er fertig war. Er verzog das Gesicht und putzte sich die Hände, die Handgelenke und auch noch jeden Finger einzeln ab. Danach legte er seine Hände wieder auf die Knie und betrachtete sie beharrlich mit gesenktem Kopf.

Auch sie schaute hin. Die Hände lagen da wie schwere, unbekannte Gegenstände. Dann passierte ihr etwas Entsetzliches: Sie hatte das Gefühl, daß sie dasselbe sah wie er. Mitleid überkam sie, heftig wie ein körperlicher Schmerz. Sie wollte seine Hand fassen, aber er zog sie zurück und warf ihr einen Blick zu, so offenherzig und grausam, daß ihr der Atem stockte. Einen Augenblick glaubte sie, die wirkliche Angst mitzubekommen.

»Laß uns fahren«, flüsterte sie.

Sie ließ das Auto an, schaltete hart und schoß los.

Das Dorf ging fast unmittelbar in das nächste über. Die enge Straße durchschnitt hier messerscharf die Schichten der Gesellschaft: Rechts befanden sich die Sommerhäuser in ihren Parks mit alten Bäumen, links die Arbeiterhäuschen, sich aneinander schmiegend, mit Hintergärtchen, die bis zum Kanal reichten. Der Mittelstand war einseitig vertreten. »Wäscherei«, »Chemische Reinigung«, »Wasch-o-matik« stand auf den Fassaden. In diesem Dorf wurde wohl entsetzlich viel gewaschen.

Vor dem Hotel stand eine Reihe Autos. Weiße Bänder und weiße Blumen waren an den Antennen befestigt. Menschen so bunt wie Vögel gingen die Freitreppe hinunter.

Sie deutete hin.

»Schau mal, Jacques, eine Hochzeit.«

Sie hoffte, daß er die Kirche, die ein paar hundert Meter weiter zwischen den Landhäusern stand, vergessen würde.

Aber sein scharfer Blick hatte die offene Seitentür schon bemerkt.

»Ich will beichten«, sagte er.

Es hatte keinen Sinn einzuwenden, daß er diese Woche schon einmal in der Kirche gewesen war. Daß er vorige Woche zwei, drei andere Kirchen besucht hatte. Daß jeder Geistliche im weiten Umkreis inzwischen über seine geheime Geschichte im Bilde sein mußte.

Die dicke Schicht Kies knirschte unter ihren Füßen. In der Vorhalle war es eiskalt, aber wenn man einmal durch die schwere Drehtür hindurch war, war es angenehm. Man konnte fühlen, daß hier alles gut isoliert war. Die Dinge, die hier passierten, entwichen nicht, sondern blieben als Geruch hängen. Und auch der Geruch wurde nicht schal.

Sie gingen durch das Seitenschiff und kamen an eine Tür, hinter der leise Geräusche zu hören waren. Fußstapfen. Geklapper von Geschirr. Sie klopfte an. »Ja?« wurde gerufen. Die Tür öffnete sich, und es erschien ein junger Mann in einem roten Pulli.

Er sah den Mann und die Frau fragend an.

Der Mann streckte den Kopf vor.

»Ich brauche den Pfarrer«, sagte er.

»Ich bin der Pfarrer«, sagte der andere freundlich.

Der Mann schwieg einen Moment und dann wiederholte er: »Ich brauche den Pfarrer.« Und er fügte hinzu: »Ich muß beichten.«

Der Blick des jungen Mannes wandte sich von den beiden ab und wanderte durch die Kirche. In einer der Seitenwände waren ein paar Türen mit Oberlichtern in Bleiverglasung.

»Warten Sie mal einen Moment«, sagte er zu dem Mann und verschwand wieder. Die Tür ließ er einen Spalt offen.

Erstaunlich schnell war er wieder zurück in Talar und weißem Chorrock. Während er sich die violette Stola um den Hals legte, gab er dem Mann zu verstehen, ihm zu folgen. Die Frau schloß sich ihnen an.

Der Priester öffnete eine der Türen. In dem kleinen dunklen Raum standen ein Staubsauger, ein Stapel Bücher mit rotem Einband und ein paar Stöcke, an denen weiche Samtbeutel befestigt waren. Der Priester bückte sich und fing an, alles wegzuräumen, auch die Bücher, die eigentlich nicht wirklich im Weg standen. Schließlich war auch die Kniebank freigeräumt. Der Mann, der unbeweglich dagestanden und gewartet hatte, und der Priester verschwanden jeweils durch eine Tür.

Sie setzte sich in eine Seitenbank. Es war totenstill. Auch durch die Türen drang kein einziges Geräusch. Ihre Augen wanderten umher und blieben schließlich an der Ikone in der Nische vor ihr hängen: Sie schaute auf die vertraute Darstellung des Gekreuzigten mit den blutenden Händen und Füßen.

Wann hatte es eigentlich angefangen? Vielleicht vor etwa zehn Jahren. In der letzten Zeit erinnerte sie sich, daß er sich am Tag seiner Pensionierung ganz seltsam benommen hatte. Es war ein schönes Fest für ihn ausgerichtet worden. Der Beigeordnete hatte eine Ansprache gehalten. Über seine großen Verdienste um das Dorf. Eigentlich über seine Unentbehrlichkeit. Es wurden auch einige Anspielungen auf den letzten Kriegswinter gemacht. Seinen Mut. Seine Schläue. Daß kein anderer die Verstecke im Moor so gut gekannt hatte wie er.

Ja, es wurden schöne Reden gehalten. Aber Jacques war zu betrunken gewesen. Jacques hatte am Ende Streit angefangen. Einem Freund, der ihm die Hand drücken wollte, hatte er ein paar gemeine Schimpfworte an den Kopf geworfen, worauf der ganz erstaunt abzog. Ach, dieser herzensgute Mann wollte nicht verabschiedet werden. Das war es gewesen.

Plötzlich ertönten dicht über ihr ein paar zögernde Glockenschläge. Jeder Ton rief einen anderen, lauteren Ton hervor. Eine Säule von Tönen wuchs auf ihrem Kopf. Eine Säule von Triumphgeläut. Die Hochzeit ... Vorne in der Kirche erschien ein Mann in einem grauen Anzug, der die Kerzen in den riesigen Leuchtern anzuzünden begann.

Die Türen neben ihr gingen auf. Sie schaute sich um und sah, wie der Priester sich schnell entfernte, und dann die gebeugte Gestalt ihres Mannes, der auf sie wartete. Wie immer.

»Komm«, sagte sie laut flüsternd. »Jetzt müssen wir uns aber wirklich beeilen.«

Am Ausgang tauchte er eine Hand nach der anderen in das Weihwasserbecken.

Es war fast elf Uhr. Im Auto war es gemütlich warm. Intim. Beinahe wie im Bett. Diese Fahrten waren ganz und gar nicht unerfreulich. Sie schaute auf die Bäume neben der Dorfstraße. Es war eine seltene Art Birken, die mit ihren dicken, weißen Stämmen ein bißchen wie Platanen aussahen.

In einer Viertelstunde würden sie in der Stadt sein.

»Sitzt du gut, Jacques?« fragte sie freundlich.

Zuerst reagierte er nicht, aber als sie fragend zur Seite sah, murmelte er: »Ich fühl mich nicht wohl.«

»Was ist denn los? Was hast du?«

»Mir ist schlecht.«

Sie schaltete zurück, aber an Anhalten war hier nicht zu denken.

»Bleib nur ruhig sitzen. Es geht sicher gleich wieder vorbei«, beschwor sie ihn.

Aber plötzlich begann er zu seufzen, begannen seine Hände suchend nach der Tür und nach dem flauschigen Stoff ihres Mantels herumzutasten.

Als sie auf einen Platz fuhr und nach einer Parkmöglichkeit Ausschau hielt – es war gerade Schulpause, und die jungen Leute gingen keinen Schritt aus dem Weg –, sank er mit einem leisen Brummen zur Seite.

Es gelang ihr, durch das Gewühl hindurchzukommen und das Auto zu parken. Sie stieg aus und lief zur anderen Wagentüre, während sie dachte: Frische Luft, er braucht nur frische Luft. Als sie die Tür öffnete und sich zu ihm hinunterbeugen wollte, kippte er um. Sie streckte ihre Hände nach seinem Kopf aus. Das Gewicht seines Körpers war auf einmal enorm.

»Jacques! Jacques!« rief sie erschrocken.

Er lag halb auf der Straße. Hingekauert, die Hände noch immer um seinen Kopf gelegt, blickte sie um sich. Außer ein paar Schülern, die weiter weg standen und zuschauten, sah sie niemand. Ihre Hände waren eingeklemmt zwischen der Wärme unter seinem Haar und dem eiskalten Pflaster.

Da kam ein junger Mann auf einem Fahrrad an. Er stieg entschlossen ab, als hätte er gewußt, wo er gebraucht wurde. Sein großer, fast kahl geschorener Kopf flößte ihr Vertrauen ein. Gemeinsam legten sie den schweren Körper ordentlich neben das Auto.

Der junge Mann zog seinen Schal aus und machte daraus ein Kissen für den Kopf. Danach zog er die Augenlider hoch und fühlte den Puls. Sie sah mit weit aufgerissenen Augen zu. Diese äußerst wichtigen Handgriffe waren beruhigend.

»Mein Mann ist senil«, sagte sie.

Der andere schien kurz über ihre Worte nachzudenken. Dann richtete er sich auf und sah sie fest an.

»Ihr Mann ist tot«, sagte er.

Es gab ein großes Gedränge. Während sie noch immer in der Hocke saß und neugierig in das plötzlich leblose Gesicht starrte, hörte sie verschiedene Sirenen näherkommen. Türen wurden zugeschlagen. Auf diese Seite! wurde gerufen und Platz machen, Leute! Einige Lümmel in grellen Jacken waren nun doch nähergekommen und mußten vor der Bahre zur Seite treten. Sie packten ihn sehr sorgfältig mit Decken und Riemen ein und schoben ihn dann mit größter Leichtigkeit in den Wagen.

Ein Polizist half ihr auf die Beine und stellte ihr eine Reihe persönlicher Fragen, die sie gewissenhaft beantwortete.

Wie komisch, daß man sie schließlich daran hinderte, in ihr eigenes Auto zu steigen. Obwohl der Kummer noch lange nicht in ihr aufgestiegen war. Obwohl niemand behaupten konnte, daß ihre Sinne nicht nach den vorgeschriebenen Mustern funktionierten, denn nicht wahr: da hinter der Wegkrümmung waren die weißen Äcker und die weißen Bäume und die Sonne, die eiskalte Sonne über langgezogenen hellvioletten Wolken.

Rückenansicht

Nach zwei Wochen begann ihr die Regelmäßigkeit des Lebens in der Villa aufzufallen. Regelmäßigkeit ist immer gut. Sie bedeutet Versöhnung mit der Zeit und also mit dem Leben. Sonjas Tage bestanden aus Erleichterung und Verlangen. Die Nächte waren der Angst vorbehalten.

Oh, was war das für ein schönes Haus! Sie waren erstaunt, daß es so lange leer gestanden hatte.

»Es ist ein unglückliches Haus«, sagte die Frau im Lebensmittelgeschäft, bei der sie ihre ersten Einkäufe machten. Während sie den Weißwein, die Nüsse und den Kaffee einpackte, erzählte die Frau ihnen, daß der vorige Bewohner sich erhängt hatte.

»Ein ordentlicher, anständiger Mann —«, sagte sie und reichte Leo den Karton.

Sie liefen durch die Zimmer, rissen überall die Sommerfenster auf, und unter dem Haken im Wintergarten, da wo früher ein Kronleuchter gehangen hatte, nahm Leo sie in die Arme. Sonja war sehr jung und nahm damals einfach an, daß sie alles besaß, was auf dieser Welt wichtig war. Einen richtigen Mann. Ein richtiges Haus.

»Schau mal, wir hängen einfach einen Strauß Kornblumen dran. Die Blüten nach unten. Dann trocknen sie und bleiben hellblau.«

Als sie das sagte, war es schon wieder Stunden später. Das Haus war eingeweiht. Sie hatten den Nachmittag in einem schummrigen Zimmer verbracht, wo ein Kastanienbaum das halbe Fenster verdeckte. Sie hatten es dieses Mal ganz ruhig, beinahe matt getan. Leo hatte ihr Kleid geöffnet, ohne sie anzusehen, er hatte auf die Knöpfe gestarrt, als ob es Perlen wären. Wieder hatte ihr das leise Gebrumm gefallen. Es war schon so, daß es da Gefühle gab, in die sie verwickelt war, ohne sie zu ergründen.

Am Sonntag mußte er gegen Abend wegfahren. Sie stand am Gartentor und winkte ihn heraus. Ihr Kleid wehte um ihre Beine. Beide riefen: »Bis in fünf Tagen!«

»Bis in fünf Tagen ... bis in fünf Tagen ...«, flüsterte Sonja. Was bedeutete, daß nun, da es Sonntagabend war und sich die Melancholie auf das Land und die Autobahnen zu legen begann, die Fenster und die Terrassentüren geschlossen wurden, um die Kälte auszusperren ... (In ihrem weißen Kleid ging sie langsam ins Haus zurück. Die Wärme war verschwunden, aber der Duft von Rosen und Geißblatt lag noch in der Luft. Sie stieg die Treppenstufen hinauf. Nachdenklich schloß sie die Türen.)

Sie hatte nie gewußt, daß diese Vögel schon so früh zwitscherten. Aber jedesmal begannen sie wieder die Nacht zu vertreiben, wenn es noch ganz dunkel war. Die Vögel vertrieben das schreckliche Bündnis zwischen ihren Gedanken und der Beweglichkeit, dem Atem und den Geräuschen der Dinge. Dann wurden die Gardinen einen Ton heller, und aus ihren Fingerspitzen strömte etwas weg. Dankbar schlief sie ein.

Immer wurde sie vom Telefon geweckt. Das erste Mal dauerte es ein Weilchen, bis sie den Apparat auf dem Boden vor dem Spiegel entdeckte. Sie rannte hin. Es konnte niemand anderes sein als ...

Seine Stimme: »Wie ist es gegangen?«

Schlaftrunken versuchte sie zu sich zu kommen. Sie schluckte. Sie fuhr sich mit den Fingern durch die Haare.

»Oh, gut«, brachte sie gähnend heraus. »Ich habe noch geschlafen.«

Er lachte leise. Anerkennend.

»Weißt du, wie spät es ist?« fragte er.

»Nein.«

»Halb zwölf.«

Sie starrte sich im Spiegel an. (Noch ganz schlafwarm. So errötend, so benommen, wie das nur bei jungen Mädchen zu finden ist. Und rosig, rosig, rosig ihr Gesicht, ihr Nachthemd, die lackierten, wie Fransen gespreizten Zehen.)

Sie plauderten ein bißchen. Ja, er war in der Schule. Alle hatten Ferien außer dem Rektor. So war das immer. Stinklangweilige Eltern mit ihrem Genörgel, stinklangweilige Lehrer, stinklangweilige Problemschüler, aber zum Glück war sie noch da, sein Engel, der jetzt um halb zwölf noch nicht einmal angezogen war.

»Bis Freitag«, schloß der Rektor.

»Bis Freitag«, murmelte Sonja.

Sie klopfte an die Tür.

Der Mann sah sie ganz freundlich an. Er saß hinter seinem Schreibtisch, stand aber auf, als sie auf der Schwelle stehenblieb.

Manchmal kann man etwas überschauen. Denn in den paar Sekunden der Stille hatte sie den regenschweren Himmel wahrgenommen, der über der Schule hing, und die Fenster, die in den Klassenräumen geschlossen sein sollten und mußten, wo die jungen Leute über ihre zu weit ausgedehnte Kinderzeit gebeugt saßen, hatte sie die Wärme gerochen, die unter den Achseln und zwischen den strammen Schenkeln der immer noch wachsenden Körper eingeschlossen war, während die Aufzeichnungen über die Augen nach innen gingen und die grauen Zellen so geformt wurden, daß die großen Wahrheiten, die mathematischen und naturwissenschaftlichen Entdeckungen – die doch einst Anlaß gegeben hatten zu tiefer, aufwühlender Erkenntnis –, die Meisterwerke wie ›Hamlet‹, wie Brederos ›Posse von der Kuh‹, wie ›Der Teufel und Gott‹ ohne Gefahr aufgenommen werden konnten, hatte sie den Mann sitzen sehen, der ihr Vater hätte sein können, der aber trotzdem Anstalten machte, auf sie zuzukommen.

»Ich halte es nicht mehr aus«, sagte sie zu ihrem Erstaunen zum Rektor.

Er bat sie, Platz zu nehmen, nicht am Schreibtisch, sondern an einem Teakholztischchen neben einem Gummibaum. Nach vorne gebeugt, die Arme auf seine Knie gestützt, sah er sie aufmerksam an.

Sie durfte die ganze Geschichte – sie war aus dem Klassenzimmer geschickt worden – erzählen. Alle diese Worte durfte sie einem Vorfall widmen, der in keiner Weise Einfluß haben würde auf die Handlung dieses verhängnisvollen Drehbuchs, auf die hilflose Chronologie, die mit der Geburt beginnt.

Es entstand eine Stille, in der sie sich gegenseitig unverhohlen ansahen. Dann brachen sie in Gelächter aus.

»Der Kerl ist ein Trottel«, sagte er.

Er gab ihr Feuer.

Sie lehnte sich zurück, und ihre Schultern, ihr Rücken, ihr Hals erinnerten sich an das ungewöhnliche Glücksgefühl vor Jahren, als sie bei einer Verlosung ein Paar Schlittschuhe gewonnen hatte. Ich? Ja, du. Nein, das kann nicht sein. Jawohl, schau nur.

Sie besprachen die einzuschlagende Strategie, die auf Laß nur! hinauslief. Einfach morgen ein halbes Stündchen früher in die Schule kommen und sich noch abfragen lassen. Etwas anderes konnten Sonja und der Rektor sich nicht ausdenken, weil sie mit ihren Gedanken nicht ganz bei der Sache waren.

Erst drei Monate später sollte die Nacht nach dem bewußten Schulfest beginnen. Es war spät geworden. Ein paar Schüler waren dageblieben, um beim Aufräumen zu helfen. Sonja wurde von einem besorgten Schulleiter nach Hause gebracht. In ihrer Wohnung standen die Fenster offen. Es war Sommeranfang. Sie mußte dreimal hintereinander seinen Namen sagen, um sich daran zu gewöhnen. »Leo... Leo... Leo...«, flüsterte sie später, allein in ihrem Bett. Ihr Bauch glühte noch nach. Ja, endlich war es soweit: Sonja wurde von einem Mann geliebt. Am anderen Ende der Stadt waren Augen, Hände, die sich an sie erinnerten. Es war ganz sicher, daß da ein Mann im Dunkeln lag und an sie dachte. Beim Einschlafen kamen ihr die acht oder zehn Minuten in den Sinn, die sie an einem Frühjahrsmorgen im Rektorzimmer verbracht hatte. Sie begriff, daß die eigentliche Verständigung damals stattgefunden hatte.

Der Mann mit seinem Männergeruch, seinen grauen Augen und seinem ebenfalls grauen Anzug, der zu seinem Amt, aber sicher nicht zu dem schnell aufkommenden, wahnsinnigen Verlangen gehörte, machte Vorschläge, um die traurige Vergangenheit der Schülerin aufzuarbeiten. Sie war einverstanden. Die Worte, die bei dieser Übereinkunft gebraucht wurden, waren nur indirekt zutreffend. An diesem regnerischen Morgen kam das Gespräch auf ihr Leben.

Obwohl der Ton gleich vertraulich war, fing es mit ein paar Nebensächlichkeiten an. Die Schulergebnisse waren doch gut, meinte der Rektor, nur noch ein paar Monate, sie würde es bestimmt schaffen, er, ja gewiß, hatte größte Hochachtung davor, vor allem weil...

Er sagte: »Nun sind also deine beiden Eltern tot?«

Eigentlich klang es wunderbar, fand sie. Eltern, beide Eltern, na ja. Aber er meinte ihre Mutter.

»Sie wissen davon?« fragte sie vorsichtig.

Es schien, daß ihr Tutor den Fall einmal mit ihm besprochen hatte. Das hatte seine Phantasie gereizt. (Die tapfere Sonja, die nun allein in der Wohnung wohnte und so brav weiterlernte, ohne eine Tasse Tee um halb vier.)

Wie so oft nach der Schule war ihr schwindlig, so leicht im Kopf. Ihre Mutter saß am Tisch, die Wangen in die Hände gestützt. Vor ihr stand die Teekanne auf dem Teelicht, aber als Sonja einschenken wollte, war nur heißes Wasser drin.

»Wie dumm, habe ich doch den Teebeutel vergessen.«

Sie stand auf und begann in die Küche zu schwanken.

»Laß nur«, sagte Sonja.

Während der Tee zog, schaute sie auf die Hände ihrer Mutter, wie sie Zwieback schmierte. Magere, zittrige Hände, die trotzig an den paar Bewegungen festhielten, die ihr über Jahre hinweg wichtig erschienen waren. Es muß eine Zeit gegeben haben, dachte Sonja, da sie ziemlich glücklich gewesen war. Als ein Kind erziehen hauptsächlich bedeutete, weiche selbstgestrickte Kleidchen zurechtzulegen, den Mehlbrei zu kosten, den Ellbogen ins Kinderbadewasser zu halten, die Arme auszubreiten, bevor ein Kind wegkriechen und sich verstecken konnte, und mit den Fingern das lächerliche Geld abzuzählen, um ein Plastikbabyfläschchen mit rosa Bonbons zu kaufen... Hinter dem Dampf des Tees lächelte sie ihre Mutter an. Zu reden gab's nicht viel.

»Was ist denn passiert?«

Sie sah ihn benommen an. Eine Rauchfahne zog an ihrem Gesicht vorüber.

»Mit deiner Mutter«, erklärte er.

»Es war ein Verkehrsunfall«, sagte Sonja. »Sie ist von einem Bus angefahren worden.«

Sie wandte ihre Augen ab. Der Rektor war so feinfühlig, seine Hand auf sein eigenes Knie zu legen.

Sie war an ihren schlurfenden Schritt gewöhnt. Schon sehr lange lief sie so mühsam. Es kam durch das angegriffene Nervenzentrum. Das Korsakoff-Syndrom, Sonja hatte es im Nachschlagewerk nachgelesen. Manchmal fiel sie ohne jegliche Vorwarnung plötzlich vornüber. An diesem Nachmittag war Sonja später als gewöhnlich aus der Schule gekommen, weil sie sich von dem Chemielehrer, mit dem sie sich immer in den Haaren lag, noch prüfen lassen mußte. Es war Dezember. Schnee war gefallen. Eine Frau war beim Überqueren der Straße ausgerutscht, gerade an der Ekke, als auch der Bus ankam. Was war in dieser Tasche gewesen? Sie wurde einen Tag danach ordentlich zu Hause abgeliefert. Es waren zwei Hamburger drin, eine Packung Schnellkochmakkaroni und Tompoes (Blätterteigstückchen mit Sahnefüllung) fürs Fernsehen, für Sonja und ihre Mutter. Die heimliche Flasche, noch halbvoll, fand sie am selben Abend. Sie stand beim Telefon, diskret hinter dem Vorhang versteckt. Denn in solchen Sachen war sie immer sehr raffiniert gewesen.

Das Telefon klingelte.

Der Rektor nahm ab.

»Ich komme vorbei«, sagte er. Seine Stimme klang schwer von Pflichtbewußtsein.

Sie standen vor der Tür. Ganz kurz berührte seine Hand ihr Gesicht (Hals, Wange, Ohr, Haar).

»Denk daran«, sagte er, »diese Tür steht immer für dich offen.«

Am Nachmittag fühlte sie es aufkommen. Sie saß auf der Vortreppe, und plötzlich wurden ihre Hände kalt. Sie legte ihr Buch weg. Die gelben Rosen begannen einen Duft zu verbreiten, von dem einem übel wurde. Die Kastanien und der Rasen wurden dunkler, als schöbe sich eine Wolke langsam vor die Sonne, aber als sie nach oben schaute, schien die Luft blau. Blau, verlassen und totenstill. Es war die schwere Tagesstunde, in der die Vögel schweigen.

Sie begriff ganz gut, daß sie vorsichtig sein mußte.

Und vorsichtig bedeutete tapfer. Deshalb legte sie sich mitten auf dem Rasenplatz auf den Bauch. (Sie streckte ihre Beine in die Sonne, bedeckte aber ihren Kopf mit einem Sonnenhut, so daß auch das aufgeschlagene Buch im Schatten lag.) In der nächsten Stunde las sie ›Call it sleep‹ aus.

Als sie hochschaute, ragte das Haus vor ihr auf, als ob es von unten nach oben gedrückt worden wäre. Der Giebel leuchtete tiefrot. Es ging etwas Drohendes und Spöttisches davon aus, aber Sonja war vernünftig und ging einfach hinein. In der Küche aß sie Brot mit Käse, und um neun Uhr zog sie die Samtvorhänge im Schlafzimmer zu und ging ins Bett.

Sobald es dunkel war, begann die Angst. Die Angst des Außenstehenden. Sie war eine Zuschauerin und war an der Wirklichkeit des Scharrens, Seufzens und Knarrens wenig beteiligt. Sie, als Bewohnerin einer sichtbaren Welt, hatte Angst vor dem Fühlen von Dingen, vor dem Abtasten mit Hilfe von Umrissen, Volumen und Substanzen. Die Eindringlichkeit, mit der ihr all diese Absurditäten bewußt wurden, was konnte das anderes bedeuten, als daß auch sie beobachtet wurde? So still, so atemlos sie auch blieb?

Sie lag auf dem Rücken, die Augen nutzlos aufgerissen. Das Telefon? Sie würde nicht einmal gewagt haben anzurufen. Selbst wenn der Apparat neben ihrem Bett gestanden hätte, würde sie es nicht gewagt haben, ihren Arm nach dem Hörer auszustrecken, geschweige denn menschliche Worte zu murmeln ...

»Denk daran, daß du mich nicht einfach so anrufst. Und vor allem nie, niemals unter meiner Privatnummer.«

»Aber warum nicht?« hatte sie gefragt. »Deine Frau weiß doch Bescheid.«

Seine Frau. Sie hatte sie einmal auf dem Parkplatz an der Schule gesehen. Dunkles Haar bis über den schmalen Rücken, sie wartete, bis der Ehemann die Autotür geöffnet hatte.

»Sie würde die direkte Gegenüberstellung nicht ertragen können.«

Sonja wußte, daß er nicht gern über sie sprach. Aus irgendwelchen Gründen fand sie seine Besorgtheit um diese Phantasiefrau rührend.

Während die Nacht vorrückte, gelang es ihr, sich in der ängstlich belauerten Dunkelheit – eine geordnete, starke Welt, kein Chaos – ab und zu das Bild eines Schlafzimmers in der Stadt vorzustellen. Straßenlicht fiel hinein. Im großen Bett schlief ein Ehepaar. Sie, die Frau, hatte langes, schwarzes Haar, aber kein Gesicht. Den Mann hingegen kannte sie. Wenn er heute nacht zufällig aufwachte, würde er wissen, daß sie sich hier befand.

2

Sie hatten am Abend zuvor nicht die Vorhänge zugezogen, und nun schien die Sonne herein. Ein Streifen vom Flur und von der Blumentapete lagen im Licht. Es war windig. Die Kastanie warf ruhelose Schatten auf das Bett.

»Los. Wir stehen auf.«

Sonja wollte nicht wach werden. Sie lag unter vielen Kilo Arm und Bein vergraben und fand das sehr gut so. Sie seufzte tief. Sie genoß es.

»Zieh die Vorhänge zu«, sagte sie. »So können wir nicht schlafen.«

Aber Leo rückte von ihr weg, und als er aufstand, schlug er mit einem Ruck die Decken zurück.

Für einen Moment lag Sonja nackt ausgestreckt da, wie eine Kellerassel, deren schwere Welt plötzlich weggehoben wird. Dann rollte sie sich auf die Seite und sah zu, wie er durch das Zimmer ging. Energisch. Händereibend. Es war klar, daß er vorhatte, an diesem Tag etwas zu unternehmen.

Und auch das fand sie gut, das nachdenkliche, neugierige Starren auf die Bewegungen des Mannes, der doch wieder zu ihr gekommen war, der nun die Schnürsenkel seiner Sommerschuhe zuband, ohne zu merken, daß er auf ihrer schönen, seidenen Hose saß. War es nicht geradezu kindisch, daß sie nachts solche Angst hatte? Daß sie diese kleine zeitweilige Einsamkeit nicht ertragen konnte?

»Weißt du«, sagte sie – und er hob beim Zittern in ihrer Stimme den Kopf –, »du kannst dir nicht vorstellen, wie herrlich ich heute nacht geschlafen habe.«

Er senkte wieder den Kopf.

»Komm jetzt aber mal raus«, sagte er.

»Was soll ich anziehen?« fragte sie. Die seidene Hose war ausgeschlossen, die lag da wie ein Knäuel Verbandsmull.

Er ging zum Schrank und inspizierte ihre Kleider.

»Warum lachst du?« fragte er und schaute sich um.

»Du schaust wie ein Rektor, dem die Abwesenheitsliste der schlimmsten Schwänzer unter die Augen kommt.«

Sorgfältig wählte er einen blauen Rock und eine Bluse mit Spitzen aus. Dann nahm er den Sonnenhut, der an der Schranktüre hing, und legte ihr alles zu Füßen auf das Bett. Da lag es wie eine Opfergabe an ihre Jugend, ihre Nacktheit, ihre Geschichte.

»Der Hut geht nicht«, sagte sie. »Es ist windig.«

»Dann hältst du ihn eben draußen mit der Hand fest«, entschied er.

Er verließ das Zimmer.

Sonja zog sich an. Ihr Glücksgefühl war unzerstörbar. Sie setzte den Sonnenhut auf und ging zum Spiegel. Sie betrachtete ihre Augen und ihren Mund. Was sucht er bloß? fragte sie sich. Was glaubt er zu sehen? Sie beugte sich nach vorn und schloß die Augen für einen feierlichen Kuß. Das kühle Glas drückte ihre Nase platt.

Auch als sie in der Küche stand und Kaffee machte, empfand sie noch eine tiefe Zufriedenheit. Die Außentür stand offen, und sie sah ihn auf der Holzbank vor der Mauer sitzen, das Gesicht der Sonne zugewandt. War manchmal nicht alles vollkommen?

»Willst du ein Rührei?« fragte sie.

»Ja, wunderbar. Mit zwei Eiern. Und weißt du was, tu das Brot in den Backofen.«

Aber als sie kurz darauf auf dem Weg ins Dorf waren, fragte sie plötzlich:

»Sag mal, wie ist das nun? Machen wir so weiter?«

Das war merkwürdig.

Nun schlenderten sie doch höchst zufrieden über einen Feldweg mit allem, was dazugehört: Brombeersträucher und Disteln, die vom Wegrand aus herüberwucherten, eine grünliche Raupe, die sich zusammenzog und streckte und im letzten Moment entkam,

Glockenschläge aus dem Dorf, zehn-, nein, elfmal, der Wind, die Luft, ein aufgeschrecktes, verirrtes Huhn, das gackernd und sich ständig umsehend davonrannte. Nun fühlte sie seine Hand leicht im Nacken und erinnerte sich gleichzeitig – ganz verrückt natürlich – an das braunweiß karierte Kleid, das ihre Mutter für sie gemacht hatte und das sie niemals hatte tragen wollen. Nun stellte sie fest, daß der Rauch einer Zigarre im Freien ganz luxuriös, ganz sinnlich wirkt, und dieser Geruch war vollkommen selbstverständlich verknüpft mit der ganz weit hergeholten Genugtuung, in einem perlweiß ausgeschlagenen Kinderwagen mit zwei Wärmflaschen in einer Luke im Boden spazierengefahren zu werden. Und vor dem Hintergrund von all diesem Schönen schwebte höchstwahrscheinlich auch die bittere Gewißheit, einmal von einem Mann, einem Vater gezeugt worden zu sein, schwebte die entsetzliche Frage, warum sie diesem Mann, diesem Vater niemals, nicht ein einziges Mal in die braunen, grauen oder blauen Augen hatte schauen können ... Und dann fragte sie das plötzlich.

Er blieb stehen, und sie sah, daß seine Augen besorgt blickten.

»Was meinst du?« fragte er.

»Na, unsere Wochenendliebe.« Und weil er nicht reagierte, fuhr sie fort: »Ich bin hier die ganze Woche allein. Und du in der Stadt. So bleiben wir uns immer fremd. Warum sind wir nicht richtig zusammen? Wir können doch eine Wohnung in der Stadt mieten?«

»Mein Gott, Sonja, was soll das nun?«

Er sagte es leise. Sie erschrak ein wenig. Hatte sie das getan? Hatte sie diese Betrübtheit ausgelöst?

Ganz leicht nahm er sie bei den Schultern und zog sie an sich.

»Schau mal«, deutete er.

In der Ferne auf einer kleinen grünen Böschung lag das Haus. Die Sonne war nun so weit gewandert, daß das Licht von der Seite auf die Vorderfront fiel. Freundlich, symmetrisch und nahezu durchsichtig wartete es auf ihre Rückkehr. »Schau mal.« Die Art, wie er es gesagt hatte, war eine Wiederholung. Wie bei der Reise nach Jerusalem belegten zwei Augenblicke einen Platz. Eines Nachmittags hatten sie zusammen das Fotoalbum einer Reise durchgeblättert, und seine Hand hatte sie immer auf die weißen Gebäude hingewiesen. Schau, der Parthenon. Schau, das Erechtheion mit den Karyatiden, schau, der Nike-Tempel. Schön, nicht? Ja, schön. Aber jetzt fühlte sie sich unbehaglich. Es ist nicht angenehm, wenn man seinen Liebhaber nicht versteht. Was wollte er ihr um Gottes willen klarmachen?

»Ach«, sagte sie zögernd, »jetzt sind doch Ferien? Wir könnten diese Wochen doch gut zusammen verbringen? Was spricht dagegen?«

»Du übersiehst etwas.«

Sie übersah etwas. Ja, tatsächlich. Sie übersah die Ehefrau, die als Phänomen nicht eindrucksvoller war als eine seiner Zeugniskonferenzen, als eine Inspektion seines Autos.

Sie gingen weiter.

Er konnte es ihr nicht antun, erzählte er leise. Sie war, nun ja, sie war ziemlich labil. Sonja müßte mal wissen, was er manchmal mitmachte. Nein, als Ehe bedeutete es nichts mehr, schon zwanzig Jahre lang nicht. Aber sie verließ sich vollständig auf ihn, ihre

Welt würde zusammenbrechen. Eigentlich war es so, daß...

Sonja hörte erstaunt zu. Das war eine Sprache, die ihre Seele verstand. Treue, Sorge um ein schwaches, bedauernswertes Geschöpf, wie wollte sie daran rütteln? Sie senkte den Kopf. Alles war in Ordnung.

Aber der Rektor fand, daß sie still war. Es beunruhigte ihn. Deshalb fing er, der Altphilologe, über Abwesenheit zu reden an. Der charakteristische Bestandteil der Liebe, so beteuerte er, war gerade die Abwesenheit. Wenn er so eine ganze Woche allein war, ja, Sonja, allein, dann kam sie ihm eigentlich keinen Augenblick aus dem Sinn.

»Wenn ich dann so ein Mädchen sehe« – sie hatten das Dorf erreicht, und Leo wies mit dem Kopf auf ein junges Ding in Jeans, das auf der anderen Straßenseite Fenster putzte –, »dann denke ich sofort an dich. Ja, in gewisser Weise bist du sie.«

Er sprach ernst und langsam. Sonja ließ ihre Augen über die Hausgiebel, die Kirche, die Apotheke, die Rasensprenger in den Gärten, das Reklameschild vom entlegenen Supermarkt schweifen, und vielleicht war es ganz sinnvoll, ein paar Tiefkühlpizzas mitzunehmen, und hörte zerstreut einer Vorlesung über Plato und das unstillbare Verlangen nach der verlorenen besseren Hälfte zu.

»Die Liebe ist die Suche nach dem Schönen und dem Guten. Nach einer Weisheit, die auf dieser Welt ausgeschlossen ist. Aber das Verlangen ist da. Und dieses Verlangen, Sonja« – er senkte seine Stimme, sein Mund berührte ihr Ohr –, »sitzt in meinen Hoden und in deinem Schoß.«

»Ach, warte mal!« rief Sonja und rannte über die Straße.

Sie standen vor einem Kramladen. Ein Schaufenster war munter vollgestopft. Sonja hatte Interesse an einem Sortiment Zeichen- und Malutensilien.

»Das habe ich schon gesucht«, sagte sie zu Leo. Sie erklärte ihm, daß die normalen Werktage ihrer Meinung nach schneller vergehen würden, wenn sie etwas mehr Beschäftigung hätte.

Der Verkäufer, ein weißblonder Lulatsch, warf einen verschmitzten Blick auf das Paar. Man hatte im Ort schon tüchtig über sie geredet. Über den Mann mit dem kahler werdenden Kopf hatte man nicht viele Worte verschwendet, sein Fall war klar. Die Schlußfolgerung über das Mädchen lautete ganz allgemein: notleidend oder nicht ganz bei Trost.

»Kann ich Ihnen helfen?« fragte der junge Mann höflich.

Ja, er konnte Sonja helfen. Sie wollte Papier, Pinsel und Wasserfarben. Auch auf eine Schachtel grellbunter Kreide war sie ganz erpicht. Sie kalkulierte und blickte lachend zu Leo hinüber, der an der Tür stehengeblieben war, aber er schien in Gedanken versunken und lachte nicht zurück.

Vor dem Supermarkt spielten ein paar Kinder ein Hüpfspiel. Ganz konzentriert hüpften sie mit zwei Füßen gleichzeitig in ein Kästchen, dann wieder mit gespreizten Beinen in zwei Kästchen. Sie warfen auch mit einem kleinen Gegenstand, einem Püppchen oder einem Tier. Sonja blieb stehen und schaute zu. Dann zerriß sie das braune Papier, in das ihre Einkäufe eingewickelt waren. Aus der Schachtel mit Kreide holte sie das grellste Rot. Sie gab es einem der Mädchen und sagte, daß es schön aussähe, wenn sie die Kästchen rot ausmalen würde.

»Wie kommst du dazu?« fragte Leo.

Jeder in der Straße kannte die Erscheinung nun schon: die magere kleine Frau, die unsicher ging, die immer einen leicht betäubenden Duft verbreitete, aber ungefährlich war. Sie spielte mit den Kindern. Sie lachte geheimnisvoll, denn sie wußte, wo sie sich versteckt hatten. Sie schaute zu, wenn eine Fuge zwischen den Gehwegplatten ausgekratzt wurde, und gab manchmal auch Ratschläge, denn Murmel spielen, o ja, das hatte sie immer gut gekonnt.

Manchmal ging sie soweit, daß sie in hastigem Schlurfschritt die Straße entlang kam, ein Buch oder eine Zeitschrift in der Hand, und mit den Fingern auf den Buchstaben einem Kind eine Passage vorlas, das sie dann entgeistert, aber nicht unfreundlich anstarrte.

Eines Tages kam Sonja aus der Schule. Schon von ferne sah sie ihre Mutter auf dem Bürgersteig sitzen. Nichts Ungewöhnliches. Es war ein sonniger Nachmittag gewesen, und eine Menge Kinder saßen oder hockten auf den Platten, die Wärme ausstrahlten. Ihre Mutter hielt ein Stück Kreide in der Hand und war damit beschäftigt, die Kästchen für das Hüpfspiel rot anzumalen. Zwei dicke blonde Mädchen sahen zufrieden zu. Sie wohnten erst seit kurzem hier und unterwarfen sich nur allzu gerne den Gewohnheiten der Straße.

Sie trug ein Kleid mit lauter bunten Blümchen und

hatte das Haar hochgesteckt. Sonja schaute auf den leicht gebräunten Nacken, und irgendwie war da etwas Glückliches, etwas Fröhliches dabei.

Plötzlich entstand ein ziemlicher Radau. Eine Frau war aus einem Haus herausgekommen und überquerte rufend die Straße. Sorgfältig ausgewählte Namen schallten über die Straße. »Claudia! Tamara!« Alle sahen hoch. Alle sahen, daß die Mädchen mit nach Hause mußten, daß sie beschützt werden mußten, und alle hörten, wie ihnen in entschiedenem Ton gesagt wurde: »Ich verbiete euch den Umgang mit dieser betrunkenen Schlampe!«

Ihre Mutter hatte sich kniend aufgerichtet. Sie sah verletzt und erstaunt aus. Da sah sie Sonja. »Betrunkene Schlampe .... betrunkene Schlampe ...!« maulte sie. Sonja wußte, daß das das Schlimmste war. Von jetzt an war es wahr. Jeder hatte es gehört.

Die Einkäufe waren erledigt. Leo hielt in einer Hand das frische, warme Brot, die andere lag auf ihrer Schulter.

Sie sprachen leise.

»Also sie konnte nicht über seinen Tod hinwegkommen?«

»Seinen Tod?«

Sonja blieb stehen. Das war ein Mißverständnis. »Er« war vielleicht tot, vielleicht war »er« auch nicht tot. Eine derartige Intimität würde sie über ihren Vater nie erfahren.

Sie sagte: »Vielleicht wäre sie weniger unglücklich gewesen, wenn er ganz einfach normal gestorben wäre. Aber er ging fort. Er machte sich auf und davon.«

Sie gingen weiter. Der letzte Bauernhof des Dorfes tauchte auf. Eier und junger Käse zu verkaufen.

»Erinnerst du dich an ihn?«

»Nein.«

»Wie alt warst du?«

Sie schlug die Augen nieder.

»Fünf Monate.«

Ja. War es nicht so, daß in manchen Kulturen das Alter eines Menschen von dem Augenblick der Zeugung an berechnet wird? Ganz vernünftig. Sie war fünf Monate alt. Sie war nichts.

Sonja schluckte. Sie hatte überhaupt keine Lust auf Kummer. Ach, solche Geschichten waren doch so alt wie die Welt! Überall gingen Menschen fort, nahmen Abschied und kamen nicht wieder zurück. Abwesenheit. Hatten sie darüber nicht schon gesprochen? Nun ja, ihre Mutter und sie waren wahrhaftig nicht die einzigen, die mit der Art von Abwesenheit leben mußten, bei der kein Verlangen mehr gelegen kam. Fort ist fort, und Abwesenheit kann fühlbar sein. So fühlbar und erstickend wie die Angst nachts im Dunkeln, allein in einem abgelegenen Landhaus. Diese Angst war übrigens sonderbar. Hatte sie damit zu Hause schon Schwierigkeiten gehabt?

Sie hat die Zimmertüre geöffnet und die Deckenlampe angeschaltet. Aber sie soll schlafen. Wenn sie mit der Hand über das warme Laken streicht, fühlt sich alles wieder fast bekannt an. Weil es sich so gehört, wenn man schlafen geht, kneift sie die Augen fest zu … Was ist das nun wieder, Sonja? Das Gesicht ihrer Mutter, prüfend, bedächtig. Tiere? Nun werden die Ecken ihres Zimmers untersucht, selbst unter das Bett und in den Schrank spähen gewissenhafte Augen. Geh nur schlafen, da sind keine Tiere. Es klappt ganz gut, die Stille klingt ziemlich normal, aber es ist besser, zur Sicherheit ... Was hast du heute abend, Sonja? Sie sagt: »Aber vielleicht machen sie ein Loch und kommen doch.« Nein, nein, das machen sie nicht. Oh, dann ist es gut. Das Licht geht aus, die Tür bleibt einen Spalt offen. Sie macht ihre Augen zu und schläft sofort ein. Sie ist vier Jahre.

Sie lehnte ihren Kopf an seine Schulter. Manchmal wird auf großartige Weise etwas gutgemacht. Jetzt ging sie neben diesem Mann. In einem sanftmütigen Dorf, das Eier und Käse anbot. Sonne. Seine Hand auf ihrer Schulter. Sie fühlte, daß er sie aufmuntern wollte. Und wirklich, da deutete er schon: »Schau mal!«

Ja, es war wirklich niedlich. Vor dem Bauernhof spielte ein Wurf junger Hunde mit dicken Pfoten. Sie knurrten, bissen und schubsten sich. Ein etwa zwanzigjähriger Junge, der im Scheunentor gerade ein Pferd abspritzte, sagte, daß sie doch näher herankommen sollten. Das taten sie.

»Findet sie das denn gut?« fragte Sonja und zeigte auf die Hundemutter, die sie, ohne den Kopf vom Boden zu heben, im Auge behielt.

Nein, das war kein Problem. Der Junge kam näher. Er erzählte, daß es eine Promenadenmischung sei und daß sie in zwei Wochen weg könnten. Beim Erzählen schaute er Sonja direkt in die Augen, aber Leo wurde nicht beachtet.

»Ich kann noch einen abgeben. Wenn du willst, kannst du ihn haben.«

Sonjas Aufmerksamkeit wurde von einem schwarzen

Hund, der in einer Wellblechhütte lag, gefangengenommen. Sein Blick ruhte auf den Hundchen. In einer seltsam in sich gekehrten Weise, fand Sonja.

»Oh, wie jämmerlich!« rief sie. »Warum ist der eingesperrt?«

»Das ist der Vater. Es ist nicht ungefährlich, ihn jetzt frei laufen zu lassen.«

»Nicht ungefährlich?«

»Er ist eifersüchtig. Er würde sie totbeißen, wenn er könnte.«

Leo zeigte Anzeichen von Ungeduld. Er lief schon zum Tor zurück.

»Ich werde es mir überlegen«, sagte Sonja zu dem Jungen. »Mit dem Hundchen.«

Sie lief schnell weg.

Wieder auf dem Weg durch die Felder, dachte sie immer wieder an die gelben, besessenen Augen des Hundes: Ein undefinierbares Mitleid überkam sie, während sie fühlte, daß Leo seine Hand immer schwerer auf ihrer Schulter ruhen ließ. Es schien, als wollte er sie wegschieben.

3

Der Montag fing mit Regen an.

Sonja wurde davon wach. Früher als sonst. Und mit einem größeren Gefühl der Erleichterung als sonst. Die Nacht war vorüber, und es fiel ganz normaler Regen. Sie lauschte. Alles klang hell, frisch, zärtlich. Sie sah ein Gemälde von Geräuschen: Im Vordergrund, gleich hinter dem offenen Fenster, war das prasselnde Überlaufen einer Dachrinne, dahinter das harte Klopfen der Regentropfen auf Kastanienblätter und dann ein gleichmäßiger getupfter Hintergrund von Geräuschen auf dem Rasen. Sie streckte sich aus. Glück, dachte sie, das ist schwierig, das muß man gelernt haben, aber diese Erleichterung, das Gefühl, daß alles in Ordnung ist ...

In der Küche machte sie sich ein ausgiebiges Frühstück mit Eiern, Würstchen, Toast, Kaffee. Das Frühstück war die einzige Mahlzeit, die ihr schmeckte, wenn sie allein war. Als sie die Tür aufriß, um den Vögeln Brot hinzustreuen, merkte sie, daß es nur noch ein bißchen tröpfelte. Über dem Eichenwäldchen in der Ferne war ein Regenbogen zu sehen, so bunt, wie sie noch keinen gesehen hatte. Die Landschaft war vollkommen verändert. Durchsichtig und zart waren nun die Felder und Bäume, schwer war die dunkelviolette Luft.

Sie atmete tief ein. Alles trug zu ihrer Erleichterung bei: der frisch gewaschene Kies und die freigewordenen Fugen zwischen den Platten der Terrasse, eine Krähe, die zu ihren Füßen landete, sie giftig ansah und ohne etwas von dem Brot aufzupicken wieder wegflog.

Das Telefon klingelte. Sie rannte hinein. Er war überrascht, als sie erzählte, daß sie schon lange auf und obendrein angezogen sei. Er wollte wissen, was sie anhabe, und zu ihrem Erstaunen log sie (Jeans, karierte Bluse, Sandalen). Was sie gerade machte? Ach, nichts. Vögel füttern (Sonja fütterte die Vögel). Bis Freitag. Bis Freitag.

Mittags war es heiß. Alles Wasser war aufgesaugt. Wovon? Nicht von dem verkrusteten Boden, der nach

Asche roch. Nicht von den Buchen am Rande des Rasenplatzes mit ihrem Unterholz aus Farnen, Rhododendron und Brombeeren. Nicht von der Kinderschar, die sich aus dem Dorf aufgemacht hatte, um in einem verwahrlosten Garten Stachelbeeren zu pflücken.

Mit einem Kissen unter dem Kopf starrte sie durch die Buchenblätter hindurch in die wolkenlose Leere. Nichts drang zu ihr durch außer der Hitze auf ihren Beinen und ihrem Bauch. Was sollte sie mit einem derartigen Verlangen? War dafür ein hoffnungsloserer Zeitpunkt als Montag nachmittag zwei Uhr denkbar? Hier lag sie nun mit Schweißtropfen auf den Nasenflügeln, und hundertfünfzig Kilometer entfernt saß ein Mann an seinem Schreibtisch oder auf einem Gartenstuhl bei seiner depressiven Frau. Er hatte bestimmt, daß die Wochentage eine Kluft zwischen zwei Felsspitzen bilden sollten. Daß sich auf diesen Felsspitzen ihr Leben abspielen sollte. Aber nichts ist umsonst. Nur wenn man die Kluft ganz ausfüllte, konnte man weitergehen. Die Leere ausfüllen. Womit? Mit Einbildung. Mit Sehnsucht.

Sie rieb sich die Knöchel. Eine Ameise fiel ins Gras. Sie würde mit Vergnügen vier Tage ihres Lebens dafür geben, um ...

Plötzlich ertönte eine quengelige Stimme: »Wie heißt du?«

Fassungslos schaute sie hoch. Ein blonder Kinderkopf starrte sie unerschütterlich aus den Brombeersträuchern an. Gegen die braune Haut hoben sich die Augenbrauen beinahe leuchtend ab.

Das Kind wiederholte seine Frage, wobei es unter Betonung von »heißt« die Stimme erhob und danach bei »du« ganz tief senkte. Wie ist es nur möglich, daß aus so einem lieblichen Gesicht derartige Laute kommen?

Sonja beschloß, nicht auf die Frage einzugehen.

»Dürfen wir Beeren pflücken?«

Dieselbe Melodie, jetzt mit der Betonung auf »Beeren«.

»Ja.«

Der Kopf verschwand. Sonja hörte Geraschel und Geflüster in den Sträuchern, und kurz darauf rannte eine Horde von fünf, sechs Kindern zum Törchen des Küchengartens herein.

Sie sank zurück und drehte sich auf den Bauch. Sie legte ihre Wange auf ihren Arm. Ihre Haut schmeckte salzig. Wie heißt du, wie heißt du, kleiner frecher Affe. Ich heiße Sonja und sonst nichts. Keine überflüssigen Fragen, meine Damen und Herren. Auf manchen Formularen wird mein wirklicher Name nicht eingetragen.

Am Dienstag begann sie zu zeichnen.

Als sie die Vorhänge zurückzog, sah sie den Regen. Es war ein anderer Regen als am Tag zuvor. Dieser war ernst gemeint und nicht gewillt, unbemerkt zu verschwinden. Ein lauer Duft von Zersetzung und Fäulnis schlug ihr entgegen. Sie fröstelte und schloß das Fenster. Sie und das Haus lagen unter einem grauen Schleier.

Auf dem Fußboden neben ihren Schuhen lag das aufgerissene Paket mit ihren Einkäufen. Sie fing mit grauem Papier und Kreide an: Material, das ihr ganz gut dafür geeignet schien, um die Eigenart des blauen Teppichs, des Bettes und ihres eigenen farblosen, zusammengeduckten Spiegelbildes anzudeuten. Auch geeignet, um an das Treppenhaus mit der erforderlichen Zurückhaltung heranzugehen, denn es ging nicht in erster Linie um die Schwerfälligkeit und das Gewicht der steinernen Mauern und des Holzes, der Ernst saß vor allem in dem, was sich durch die Ritzen und in den Ecken bemerkbar machte, dämmrig, verstohlen, zu wenig greifbar, um es aufzuscheuchen oder direkt dagegen anzugehen. Dann die Küche. Was ist schon offenherziger und mitfühlender als eine Ansammlung von Löffeln und Pfannen, die Plastikeimer und -wannen, der grau emaillierte Herd? Und doch war etwas mit dem angeschnittenen Brot, der Kanne mit Tee, der halben geschälten Zitrone auf dem Tisch, es umgab sie etwas Wehmütiges, all die Dinge, die ein Mensch gebrauchen muß und die still, bescheiden Einblick in die Tatsachen des menschlichen Lebens geben...

Plötzlich stand sie im Wintergarten. Sie war überhaupt nicht mehr drin gewesen. Sie erkannte das Laub an der Decke, die Eisenstange, die in einen Haken mündete, und den Strauß Kornblumen, die tatsächlich blau geblieben waren. Zart, unschuldig blau. »Ein ordentlicher, anständiger Mann«, das war alles, was sie von ihm wußte. Mehr als nichts.

Sie nahm ein Blatt Papier, wanderte mit ihrer Hand über die Kreidestücke und fing an, die Kornblumen zu zeichnen.

Mittwoch. Sie öffnete die Fenster, die Küchentür und auch die Glastüren zur Terrasse mit den Rosen. Dann nahm sie ihren Zeichenblock und ging die Treppe hinunter in den Garten. Es war warm. Genau gegenüber dem Haus stand noch der Marmorsockel, auf dem früher wahrscheinlich einmal ein Cupido oder eine Gartenvase mit Fuchsien gestanden hatte. Dort setzte sie sich hin. Für einen kurzen Moment schoß ihr der Gedanke an Leo durch den Kopf, und was er in diesem Augenblick wohl machte. (Dann schob sie ihren Sonnenhut nach hinten, legte ihre Füße über Kreuz, spreizte die Knie und fing an, die Hinterfront des Hauses zu zeichnen.) Die ständige Auf- und Abbewegung, mit der sie ihren Blick mal auf das Haus und mal auf das Papier richtete, glich einer langsamen, aber innigen Zustimmung: ja, ja, ja!

Vorsichtig lief sie über den Weg. Schritt für Schritt. Ihre Hand glitt über das Papier. Mit ernsten Blicken tastete sie die Form der Bäume ab, die Grün- und Braunschattierungen, den Lichteinfall auf die Lichtungen und die empfindsame Art – wie man sie auch auf Gemälden des siebzehnten Jahrhunderts sieht –, in der ein Wolkengebilde die Umrisse des Waldes nachahmt.

Schritt für Schritt... So gingen sie, so schauten sie auf die Eichen und die Buchen, die leuchtende Farben zeigten. Ein einzelnes Blatt fiel schon zu Boden. Im Oktober ist die »Lange Vorhout« am schönsten. Und ihre Mutter war elegant, auch wenn sie so vorsichtig ging. Sie trug einen zyklamroten Mantel und stützte sich leicht auf den Arm ihrer Tochter. Die hatte ihr den ganzen Tag schon Vergnügen bereitet. Die hatte sie nicht nur zu der schönen, vornehmen Allee in die Mittagssonne mitgenommen, sondern machte in dem Augenblick, als die Weinstube »Das Posthorn« in Sicht kam, folgenden Vorschlag: »Laß uns einen Schnaps trinken gehen.«

Einen Schnaps. Das hatte sie gesagt. Ganz normal, so wie man das unter Frauen sehr wohl tun kann. Und ihre Mutter lachte, so überaus fröhlich, man konnte gleich sehen, wie die Sorgen aus ihren Augen verschwanden.

Die Tür schlug hinter ihnen zu.

Sie saßen neben dem Lesetisch. Ein Ober in schwarzer Weste brachte ihnen den Wacholderschnaps und verbeugte sich dabei in den Hüften.

»Die Bedienung ist hier immer sehr gut gewesen«, sagte ihre Mutter und begann bedächtig zu trinken; sie ließ ihre Blicke durch das Künstlerlokal schweifen, das sich in achtzehn Jahren nicht viel verändert hatte.

Über dem Wäscheschrank auf dem Treppenabsatz hing eine kleine Aktstudie in Sepia. Die Rückenansicht einer Frau mit dunklem Haar, die sich mit halb abgewandtem Gesicht an ein Kissen lehnte. Ihre Mutter.

War er ein guter Künstler gewesen? Aus der verblichenen Zeichnung konnte man das kaum schließen. Wohl aber war zu sehen, daß er ihren schmalen Rücken schön gefunden hatte. Er hatte ihn ein bißchen übertrieben, ein bißchen länger gemacht.

Täglich war sie daran vorbeigegangen. Sie schaute selten hin. Und ihre Mutter schien sie ganz vergessen zu haben. Vielleicht war diese Zeichnung nur da hängengeblieben, weil irgend jemand sie irgendwann einmal so unerreichbar hoch aufgehängt hatte. Aber diese Studie war das einzige, das bei ihnen zu Hause von ihm noch zurückgeblieben war. Keine Fotos, keine Briefe. Kein Name. Auch keine Andeutungen.

Wenn sie diesem Lehrer während der Unterrichtsstunde etwas häufiger in die Augen geschaut hätte, wenn der Frost nicht in jenem Jahr so früh eingesetzt hätte, wenn an der Haltestelle Zuiderpark ein paar Fahrgäste mehr gewesen wären, hätten sie dann nach diesem einen Mal häufiger über ihn gesprochen?

»Wo ist er hingegangen?« fragte Sonja.

»Ach, ins Ausland.«

Ihre Mutter sagte es gleichgültig. Sie streckte ihre Hand ganz ruhig, ganz zielsicher aus, und in ihren Augen war noch immer keine Spur von Sorge.

Sonja starrte sie an.

»Aber warum?« fragte sie.

»Warum?«

»Warum ging er fort?«

Ihre Mutter zuckte mit den Schultern. Sie trank.

»Ach«, sagte sie, »du kennst diese Typen doch. Unglückliche Jugend gehabt. Keine Aufmerksamkeit, keine Liebe. Einen Vater, der ihn mißhandelte, eine Mutter, die neurotisch war. Und dann plötzlich ein paar Jahre, bis zu seinem zwölften Lebensjahr, glaube ich, in einem Kinderheim am Meer. Bei manchen Besuchsstunden sah er, wie sein Vater über den Strand angelaufen kam, während seine Mutter unterdessen über den sandigen Dünenweg verschwand. Ach Sonja, du kennst diese Typen doch« – sie schaute mit raschem Blick hoch, erblickte den Ober und deutete mit zwei gespreizten Fingern herunter auf die leeren Gläser –, »sie glauben nicht an das Leben.«

War das eine Antwort, fragte sich Sonja. Nein, das

war überhaupt keine Antwort. Erstens kannte sie diese Typen nicht, und zweitens ...

»Warum ging er fort?« wiederholte sie.

Frische, vor Kälte angelaufene Gläser, wurden ihnen vorgesetzt. Sonja schaute zu ihrer Mutter, die mit einem harmlosen Lächeln in ihrer Tasche zu kramen anfing, wahrscheinlich auf der Suche nach ihren Zigaretten. Sie fand sie und legte das Päckchen und das Feuerzeug vor sich auf den Tisch. Dann bekam Sonja die Geschichte von dem Mann zu hören, der unter gar keinen Umständen ein Kind haben wollte. Wenn darüber gesprochen wurde – und das passierte anfangs sehr oft, die Frau liebte Kinder –, brachte er manchmal vor, daß diese Welt nicht geeignet sei. Daß jeder Dummkopf das sehen konnte. Zu drohend und zu hart. Andere Male war er der Meinung, daß er nicht sehen wollte, wie sich seine Frau, seine Geliebte in eine Mutter verwandelte. Daß er sie mit niemand teilen wollte.

»Lieber Gott«, sagte ihre Mutter und spielte mit ihren Zigaretten, ohne sich eine anzuzünden, »wie war er da entschlossen. Ob ich es begriffen hätte? Ich konnte mich entscheiden: wenn ich es soweit kommen ließe, würde er weggehen. Also ...«

Sie zögerte.

»Und?« fragte Sonja.

Aber sie brauchte eigentlich nicht mehr zu hören, was ihr in zurückhaltendem Erzählton geschildert wurde. Daß ihre Mutter, sobald es einmal soweit war, bestimmt nicht scharf darauf war, ihn so eins, zwei, drei davon in Kenntnis zu setzen. Logisch. Aber dann, ab dem vierten oder fünften Monat kann eine Frau so etwas nicht mehr so leicht für sich behalten.

Sie sperrte ihre Augen auf und sah Sonja etwas erstaunt an. Dann fuhr sie in demselben Ton fort: »Weißt du was? Wir bestellen eine Portion Käse, Kroketten und Senf. Ja?«

Sonja nickte wortlos. Ja, etwas essen. Sie hatte Hunger. Sie fühlte sich schwindelig.

Es blieb noch eine Frage. Während sich ihre Mutter eine Zigarette anzündete, überlegte Sonja hin und her. Ihre Bestellung wurde gebracht.

Sie fragte: »Bevor ... bevor das passierte, wart ihr da glücklich miteinander?«

Sie bekam eine schreckliche Antwort.

»Ja, sehr glücklich.«

Ihre Mutter nahm das Glas und lachte mädchenhaft. Sonja brannte der Mund.

Der Nachmittag verging. Mutter und Tochter wurden gehörig betrunken. Wer warf am Ende die Blumen um? Wahrscheinlich die Mutter. Es waren Bartnelken, ein bißchen kopflastig, und sie fielen zu Boden. Das Wasser versickerte in dem Tischläufer.

»O je«, sagte Sonja und kam dem Ober zuvor, der mit einem weißen Tuch auf sie zutrat. Auf dem Boden hockend sah sie zu ihm hoch, die Blumen in der Hand.

»Lassen Sie nur«, sagte sie. »Es ist meine Schuld.«

Wie sie von dem Wintergarten angezogen wurde ... Auf dem Boden, mit dem Rücken gegen die Wand, fühlte sie, wie das Sonnenlicht mit seiner Wärme weiter wanderte über ihre Füße, ihre Knie und dann nach oben, bis der achteckige Raum ganz ausgefüllt war. Die Kornblumen hingen nun hoch über ihrem Kopf und waren noch blauer als gestern. Armer Schlucker, dachte sie, was hab ich mit dir zu tun?

Sie zeichnete weiter, bis es zu dunkel wurde. Bis alles Papier aufgebraucht war und ihre Hände von der Kreide blau waren. Dann war sie ganz von Kornblumen umgeben, ein Feld voll, und nachdem sie ins Bett gegangen war, schlief sie sofort ein und träumte – Sonja, schlichtes Gemüt – einfach da weiter, wo sie aufgehört hatte.

An diesem Donnerstag taten ihr die Finger weh. Ihre Nägel waren dunkel gefärbt. Es wäre besser, heute mit Farbe und Pinsel weiterzumachen. Sie ging ins Dorf, um noch Papier zu kaufen.

»He, nimmst du ihn jetzt?«

Der Junge war wieder mit dem Pferd beschäftigt. Dieses Mal wurde die Mähne des Tieres sorgfältig in Zöpfe geflochten und mit roten Bändern zusammengebunden – so wie man es auch bei Mädchen aus Surinam sieht.

Sie lief auf den Hof.

»Ich weiß es noch nicht.«

Sie hockten sich zu den Hundchen. Der Junge nahm einen hoch und drückte ihn ihr in die Arme.

»Er ist sehr lieb«, sagte er.

Den Hundekörper an sich gedrückt, begann sie hin und her zu laufen. Das Tier schaute sie unbefangen und interessiert an. Seine Schlappohren hingen an seinem Kopf weit nach vorn. Sie war erstaunt, daß so ein kräftiges Hundchen so leicht war.

»Aber er hat dicke Pfoten«, sagte sie. »Das bedeutet, daß er groß wird.«

Sie schaute von dem Hundchen zu dem Jungen, zu

dem davontuckernden Traktor auf dem Feld neben dem Bauernhof. Es war das Ruhige, das ganz Gewöhnliche dieses Schauspiels, das sie auf der Stelle eine Entscheidung treffen ließ. Dieser Junge, so alt wie sie, hatte schon sein ganzes Leben abgerundet um sich herum. Wie eine Jacke, die um die Schultern gehängt wird. Seinen Bauernhof, seine Tiere, seinen Vater, der weiterhin auf dem Land die Furchen ziehen würde, bis er soweit war, ihn abzulösen. Und aus diesem Reichtum, aus diesem unbegrenzten Fortwirken wurde ein warmes, weiches Hundchen abgegeben und ihr in die Arme gedrückt.

»Gut«, sagte sie. »Ich komme ihn Montag holen.«

Sie redeten noch ein Weilchen miteinander. Der Junge hatte genau wie sie in diesem Sommer Abitur gemacht. Beide fanden, daß Biologie schwer gewesen war. Sie sprachen darüber, was sie demnächst tun würden, wenn der Sommer vorbei war. Sonja wußte es noch nicht.

»Und du?« fragte sie.

Der Junge hatte sich in Leiden an der Fakultät für Chinesische Sprach- und Literaturwissenschaft eingeschrieben.

An diesem Abend saß sie mit hochgezogenen Knien vor einem Feuerchen, das sie im Kamin angezündet hatte. Sie hatte sich nicht viel Mühe damit gegeben, das Feuerchen war nur so eine Geste, ein Überholmanöver. Vor einer Stunde hatte sie eine bestürzende Entdeckung gemacht: Sie hatte vergessen, daß morgen Freitag war.

Was hatte sie ihm zu bieten?

(Sie starrte in die Flammen.) Aufs Geratewohl durcheinandertaumelnde Bilder tauchten auf. Wie seine Augen sich verengten, wenn er ihr in der Aula begegnete, wie er ihr nach dem Vervielfältigen der Schulzeitung in den Mantel half und ihr den Eindruck gab, sie ganz mit seinen Armen und seinem Leben zu umschließen, wie er einmal nach einer Besprechung mit der Schülervertretung ganz flüchtig, ganz unterwürfig die Seiten ihrer Brust gestreichelt hatte und sie danach mit gesenktem Kopf den Tränen nahe durch die Stadt geradelt war, wie lange, wie lange war das um Gottes willen noch durchzuhalten...

Fing sie jetzt nicht an, ihn zu vermissen?

Draußen war es dunkel. Das Feuer war beinahe erloschen. An der Stille, an den regungslosen Möbeln war nichts Beängstigendes. Sie stand gähnend auf. Morgen würde sie mal ein paar Selbstporträts probieren. Um ihm eine Freude zu machen.

Das Wochenende war gekommen.

Sie breitete die Zeichnungen vor ihm aus. In der Hocke sitzend bedeckte sie den ganzen Fußboden mit zuvor sorgfältig ausgewählten Werken. Sie wollte seine Anerkennung.

Während sich ihr Arm langsam bewegte und sie ohne aufzustehen immer wieder etwas verschob, verlor sie die sandfarbenen Hosenbeine und die weit auseinandergestellten Sandalen keinen Augenblick aus dem Auge. Der Geruch seiner Zigarre hing über ihr.

Sie hatte eingewilligt, daß er eine Zeichnung für sich selbst aussuchen durfte. Genügend Auswahl. Da waren die Alleen, die nichts anderes bedeuteten als Schritt für Schritt; da waren verschiedene Versionen von den Kornblumen, die alle nicht Beschwörung oder Angst bedeuteten, sondern Versöhnung, Hingabe, die Art, die Hand zu drücken und zu lächeln, wie man es unter Verwandten tut; da war eine ganze Reihe von Selbstporträts, verschwommen hingetuscht, die alle Liebe bedeuteten, und da war die hoch aufragende Fassade des Hauses vom Garten aus gesehen.

Aus irgendwelchen Gründen war sie nervös. Sie verbot sich selbst hochzuschauen.

»Wähl aus!« befahl sie.

Er wählte das Haus.

4

Eine knappe Woche ging vorüber. Es war Donnerstag morgen. Sonja war im Wintergarten bei der Arbeit. Ihre Hose war mit Farbflecken übersät, auch ihre Hände und ihre Nase waren schmutzig. Daß sie magerer geworden war und dunkle Ringe unter den Augen hatte, kam nicht vom mangelnden Schlaf. Seit einiger Zeit hielten sie die nächtlichen Geräusche nicht mehr wach. Sie hatte sich daran gewöhnt.

Der Wintergarten lag nach Westen, und das Licht war zu dieser Tageszeit ideal. An den Wänden und auf dem Fußboden war das Thema zu sehen, das sie schon einige Tage beschäftigte: Frau mit Hund.

Sie kniff die Augen zu, neigte den Kopf abwechselnd zur linken oder rechten Seite und zeichnete die Konturen eines Mundes. Als das Telefon klingelte, mußte sie rennen, sie hörte, wie das Hundchen über das Parkett hinter ihr herschlitterte.

Seine Stimme kündigte ihr an, daß er einen Tag eher kam. Heute abend schon.

»O je«, sagte Sonja. Und danach hastig: »Ach, wie schön!«

Aber da hatte er schon aufgelegt.

Mittags nahm sie eine Dusche und zog sich saubere Sachen an. Danach ging sie ins Dorf, um für den Besuch einzukaufen. Ein wenig außer Atem kam sie wieder nach Hause, denn auf dem Rückweg hatte sie sowohl drei Flaschen Weißwein als auch das Hundchen tragen müssen, das sich plötzlich nicht mehr von der Stelle rühren wollte.

Der Kies knirschte, als das Auto auf das Haus zufuhr und neben der Küche anhielt. In dem Augenblick, da Leo ausstieg, fing das Hundchen laut zu kläffen an. Sonja lachte erstaunt, es war das erste Mal, daß er ihren Hof bewachte.

»Was ist das?« fragte er, als sie ihn mit dem Tier auf dem einen Arm umarmte. Er machte ein verdrießliches Gesicht. Ja, gab er zu, es war viel Verkehr auf der Straße gewesen

Das war bestimmt keine Liebe auf den ersten Blick zwischen dem Rektor und dem Hund. Während Sonja die herrliche Erdbeertorte anschnitt, schauten sich die beiden verstohlen an. Mit Abneigung.

Der Hund durfte die Tortenschaufel ablecken.

»Gott, Sonja, ist das nicht furchtbar lästig« sagte er, »so ein Tier?«

Sie schaute hoch.

»Lästig? Wie meinst du das? Für wen?«

In dieser Nacht fand sie das Bett zu eng. Sie brauchte Platz. Leo, der ein bißchen erkältet war, atmete geräuschvoll. Er engte sie ein. Er hatte nicht gewollt, daß das Fenster geöffnet wurde, und jetzt vermißte sie den Duft der Kastanie. Sie fühlte sich eingesperrt. Kurz vor dem Einschlafen wunderte sie sich über das leise Hüsteln, Gescharre und Geraschel im Zimmer. Die Geräusche unterblieben meistens, wenn Leo da war.

Das Poltern wurde deutlicher. Verstummte dicht neben ihrem Bett. Sie hielt die Luft an. Dann erst begriff sie es. Sie schlug die Decke zurück.

»Komm nur zu Sonja«, flüsterte sie.

Es waren dieselben Worte, die sie an einem Winterabend vor mehr als vierzehn Jahren schon einmal gesagt hatte. Die Heizung funktionierte nicht. Die Betäubung durch Alkohol war noch nicht entdeckt worden. Ratlosigkeit. Im Nebenzimmer schlief ein Töchterchen. Warm, voller Hingabe, aber immer sofort wach, wenn ihre Zimmertür geöffnet wurde.

Ihre Mutter kroch zu ihr ins Bett. Leicht, zart und mager wie ein Fohlen.

Dann plötzlich mit diesem zerbrechlichen Körper in ihren Armen begriff sie alles – warum sie in die Villa gekommen war, warum neben ihrem Ohr leise, dumm geschnarcht wurde, warum die düsteren Geräusche und Bewegungen endlich zur Ruhe gekommen waren. Sie schloß die Augen. Stille. Das ruhige Atmen von zwei schlafenden Menschen. Unempfindlich gegen die Eiseskälte der Welt.

»Um dir die Wahrheit zu sagen, ich muß am späten Nachmittag schon wieder weg.«

Er stand auf der Leiter und war dabei, die Clematis hochzubinden; er schaute entschuldigend zu ihr hinunter. Aber Sonja war großherzig. Fürsorglich hielt sie

die Leiter fest, denn die Clematis wuchs an einer un-
günstigen Stelle dicht neben dem Abfluß des Spülbek-
kens. Nichts zu ändern, fand sie, vielleicht nächstes
Mal.

Nun hatten sie nur noch ein paar Stunden. Vielleicht
doch ganz schön, um auf der Terrasse in der Sonne
noch ein Glas Wein zusammen zu trinken. Sonja
schlug es vor, und Leo entkorkte die Flasche so schnell,
daß es knallte.

Der leicht moussierende Wein stieg ihr sofort zu
Kopf. Sie fühlte sich wunderbar. Der Eichelhäher oder
die Krähe, die mit viel Spektakel aus den Sträuchern
aufflog und auf dem Marmorsockel landete, konnte
sich nicht freier, nicht begabter, nicht besser an ihrem
Platz fühlen als sie in diesem Augenblick. Sie fragte,
warum er es denn so eilig mit dem Wegfahren habe.

»Ach . . .« Er zuckte irritiert mit den Schultern.

Als sie ihn aber weiter ansah, rückte er mit der Sprache heraus. Sie waren morgen fünfundzwanzig Jahre
verheiratet. Ihre Eltern legten großen Wert darauf, den
Tag mit ihnen zu feiern, ganz einfach, weißt du, mit
einem kleinen Essen in der Auberge Gijs in Sassenheim.

Sie fing an zu lachen. Wie er das sagte, betreten, fast
errötend. Sie deutete auf ihr leeres Glas, und folgsam
griff er nach der Flasche.

»Fünfundzwanzig Jahre verheiratet«, wiederholte
sie. »Nun ja, ein Essen mit den Schwiegereltern. Und
sonst? Was für eine ärmliche Sache. Warum habt ihr
keine Kinder? Eine Silberhochzeit mit den Eltern. Das
gehört sich nicht. Eure Kinder hätten ein Lied für euch
gemacht auf die Melodie ›Als unser Mops ein Möps-

chen war‹, mit witzigen beziehungsreichen Texten, sie hätten sich ein Quiz ausgedacht, und deine Tochter hätte einen Schneeballtanz mit dir angefangen, barfuß, aber mit wunderschön geschminkten Augen, und dein jüngster Sohn, ein frecher Lümmel mit Lockenkopf, hätte in einer Rede die ganze Familie durchgehechelt, natürlich ohne daß sie es richtig merkten, all die Onkels und Tanten mit Anstecksträußchen, die strahlend an den langen Tischen saßen.«

Sie hob ihr Glas und trank: »Also, dann auf die nächsten fünfundzwanzig Jahre.«

Er fand das überhaupt nicht lustig, das konnte sie wohl sehen. Mit verkniffenem Gesicht starrte er zwischen seinen Knien hindurch auf die Platten der Terrasse, in deren Fugen ein schwarzer Strom von Ameisen flimmerte. Seine Backenmuskeln spannten und entspannten sich. Ein Mann voller Sorgen. Und ja: da kam die Enthüllung. »Sie« konnte keine Kinder kriegen. »Sie« war unfruchtbar. Ach, dachte Sonja vage, was war dieser armen Phantasiefrau wohl bestimmt? Eine geknickte Gebärmutter, verstopfte Eileiter, Funktionsstörung der Eierstöcke, ein Myom, übertriebene psychische Fixierung?

Er schaute verletzt hoch.

»Was gibt es da zu lachen?«

Impulsiv beugte sie sich zu ihm hin und umarmte ihn.

»Soll ich dir ein Kind schenken?« murmelte sie ihm ins Ohr.

Oh, sie fühlte, wie er erstarrte! Wie sein Gesicht sich verfinsterte. Wie er zurückwich. Wie von einer Schlange gebissen.

Er packte sie beim Handgelenk.

»Au, du tust mir weh!« rief sie.

»Wenn du mir diesen Streich spielst!« sagte er und sah sie fest an.

Sie rieb ihr Handgelenk. Schon gut, sie sagte schon nichts mehr. Neugierig starrte sie auf den Kopf des Rektors. Die Sonne hatte ihn etwas gebräunt und das Pigment ungleichmäßig verteilt. Du lieber Himmel, hatte er sie schon öfter so angeschaut? So eiskalt, so urweltlich, auch so ängstlich – sie würde es gemütlich finden, wenn er sich eine Zigarre anzündete – ja, vielleicht schon, ein einziges Mal, als sie noch nicht darauf achtete.

»Du sollst mich nicht so anschauen«, sagte sie.

»Wie meinst du das?«

»Wie ein Kaiman.« Sie dachte einen Moment nach und fügte dann noch hinzu: »Oder wie ein Basilisk.«

Verärgert stand er auf. Sein Stuhl knarrte.

»Du hast zuviel getrunken.«

Er ging hinter ihr vorbei ins Haus.

Die Sonne neigte sich nach Westen. Durch die Buchen fielen Strahlenbündel auf das Haus. Die Fassade begann, die Wärme des Tages zurückzuwerfen. Oben schlug mit einem Knall ohne Nachhall eine Tür zu.

Sonja fühlte sich in ihrem Korbstuhl im Schnittpunkt von Licht und Wärme wirklich komisch. Betrunken? Vielleicht. Vielleicht mußte man diese Leichtigkeit, diese herrliche Einsamkeit – wie eine Bühne, auf der man jedes Wort sagen, jede Bewegung machen kann, und das Publikum muß nur zuschauen und klatschen – schon Trunkenheit nennen.

Er schaute auf seine Uhr, als er nach draußen kam. Grauer Sommeranzug. Schwarzes Köfferchen.

»Warte, ich winke dich heraus«, rief sie und stand auf.

Sie war noch nicht wieder in seiner Gunst, das fühlte sie wohl, als sie nebeneinander her zum Auto gingen. Trotzdem küßte er sie auf den Mund, bevor er einstieg und murmelte: »Bis Freitag.« Sie lief vor dem Auto her und öffnete das Gartentor. Mit einem kurzen Hupen bog er in die Straße ein. Sie winkte und schaute dem Auto nach. (Hoffentlich ist darüber das letzte Wort gesprochen worden. Was für ein verdammtes Gefasel. Immer dasselbe. Zu viel getrunken und dann schwafeln. Kleine Schlampe ... kleine betrunkene Schlampe ...!)

Sie schloß alle Fenster und Türen. Von ihren Zeichnungen suchte sie etwa zehn Stück aus, die sie aufrollte und mit einem Gummi zusammenband. Den Rest legte sie auf einen Stapel in den Kamin. Es dauerte ein Weilchen, bis sie das Halsband des Hundchens fand, es war von der Garderobe in einen ihrer Stiefel gerutscht. Dann ging sie zum Telefon und bestellte ein Taxi für eine halbe Stunde später. Und wie das immer so geht, war ihr Koffer nun, bei ihrer Abreise, viel voller als bei ihrer Ankunft. Es war kein Platz mehr für einen blauen Rock und eine Bluse mit Spitzen. Auch den Sonnenhut ließ sie hängen.

Robinson Crusoe

Die Glastüre war kaum aufgegangen, schon schlug ihm die Hitze entgegen. Überrascht blieb er stehen. Es war die zweite Maiwoche, und auf der gegenüberliegenden Straßenseite stand ein Kastanienbaum dunkelrot in Blüte.

»Okay, Noes, zieh deinen schönen Pulli nur aus«, sagte er zu sich selbst.

Das hätten sie ihm im Souterrain schon mal sagen können.

»Schönes Wetterchen«, hätten sie sagen können. »Strahlend blauer Himmel, Junge!« Solche Informationen sollten die Angestellten untereinander doch schon austauschen. Hans von der Garderobe war mittags unten gewesen, um ein Geschenk, das er gebraucht gekauft hatte, von ihm einpacken zu lassen. »Wenig Mäntel heute anzunehmen, Noes«, hätte er sagen können. Oder?

Er zog sich den Pulli über den Kopf, legte ihn sorgfältig zusammen und steckte ihn in einen Nylonbeutel, der zusammengefaltet in seiner Hosentasche gesteckt hatte. Es war ein praktischer Beutel, der auch als Portemonnaie diente.

Noes holte tief Luft.

Die Betongebäude, das Straßenpflaster, die geparkten Autos: Alles strahlte soviel Sonnenwärme aus, die bestimmt nicht erst von der letzten halben Stunde herrührte. Das hatte sich hier sicher den ganzen Tag lang vollgesogen.

Er schaute auf die Passanten. In Hemd und Bluse kamen sie von ihrer Arbeit und sahen so aus, als würden sie heute abend so wie sonst auch auf ihrer Veranda leckeren Saté und leckeren Ikan Boemboe grillen.

Mit ein paar Sprüngen eilte er die Treppe hinunter. Wärme, das war sein Lebenselement. Was dachtest du? War er etwa nicht mit dem Bild der sengenden Sonne am ewig blauen Himmel aufgewachsen? Sicher, sicher, er war älter und viel, viel vernünftiger geworden. Aber hinderte ihn das beispielsweise daran, wenn er nachts nicht schlafen konnte, mit großen Augen auf die weißen Strände, die sanft hin und her schwankenden Palmen zu schauen, still auf das Geräusch des Meeres zu lauschen, von dem das Paradies auf allen Seiten umschlossen wurde?

»Vergiß doch diese Straßenbahn mal, Junge ...«

Er lief durch die Stadt und schlenkerte dabei seinen Beutel. Beim Überqueren des Museumplein wurde er fast von einem Taxi umgefahren, das bestimmt hundert fuhr, aber Noes tat einen federnden Sprung und kicherte nachsichtig hinter dem Auto her.

Der Leidseplein war voller Possenreißer. Ein Mädchen in einem Jackett bewegte sich mit den ruckenden Bewegungen eines Roboters. Ein ungeheuer dicker Mann entlockte den Umstehenden durch Scherze mit seiner Unförmigkeit ein immer lauter werdendes Gelächter. Manchmal ließ er sich einfach fallen. Noes gesellte sich kurz zu einer kleinen Menge rund um einen halbnackten dunklen Jungen, der sich selbst mit dicken Nadeln durchbohrte, ohne dabei einen Muskel seines Gesichts zu verziehen. Das sah gruselig aus. Spürte der Junge wirklich keine Schmerzen? Noes hatte einmal gehört, daß alle Gefühle, Kummer und Schmerz, verschwinden, wenn man keine Wünsche mehr kennt. Er hatte gehört, daß jedes Verlangen töricht ist, weil die Welt, so wie man sie täglich sieht und fühlt, nichts anderes ist als eine Illusion, ein Schleier, ein eigenes Hirngespinst. Grinsend lief er weiter. Eine schöne Sache wäre das . . .

In der Leidsestraat bestaunte er die farbenfrohen Auslagen im Schaufenster einer Konditorei.

»Ein Gebäckstückchen für heute abend vor dem Fernseher wäre gar nicht so übel.«

Er war wild auf Süßigkeiten. Wie alle Kinder in der Gegend war er in seiner Jugend verwöhnt worden. Törtchen, Eierkuchen, Gedrücke und Geküsse. Bis man plötzlich groß war und eine Tracht Prügel kriegen konnte, wenn man ungezogen war. Na ja, soll wohl auch für etwas gut gewesen sein. Aber Süßigkeiten mochte man noch immer. Auch wenn man schon lange auf eigenen Füßen stand. Wenn sich die Insel der eigenen Jugend als verlassene Insel herausgestellt hatte.

In dem Geschäft war es kühl.

»Ein Zitronenbavarois?«

Die glänzende Kuchenschaufel schwebte nach links.

Noes zögerte. Dann deutete er entschlossen auf ein schönes weißes Stück Torte mit Schlagsahne und Puderzucker.

Der letzte Teil der Straße bestand fast ausschließlich aus Reisebüros. Sunway, Terrasol, Sunnytour. Noes' Augen wanderten über das großzügige Angebot an Stränden, Meer und blauer Luft. Greifbare Paradiese. Sofort zu haben, junger Mann!

Aber Noes hatte kein Interesse. Er sah nichts davon. Noes begann, an seine Frau zu denken. Das passierte ihm in letzter Zeit immer häufiger. Einfach so, wenn er irgendwo hinging oder nur so, wenn er in seiner Arbeit eine Bestellung einpackte, da erschien sie plötzlich: seine Frau.

Auch jetzt sah er sie wieder so deutlich vor sich, als säße er ihr am Tisch gegenüber. Das blauschwarze Haar, das unter der Lampe glänzte ... die roten Lippen ... die Augen ... neckisch, lieb, aber nie zu ergründen. Ihre Haut war noch dunkler als seine, und wenn er jetzt so darüber nachdachte: lieb? Er kicherte.

Seine Aufmerksamkeit wurde von einem Geschäft mit Damenmoden gefesselt. Es schien ihm ein schickes Geschäft zu sein. Im Schaufenster wurden nur ein paar Sachen gezeigt. Hinter dem Fenster funkelte in hellila Neonbuchstaben der Name. Freia hieß das Geschäft.

Freia. So hieß seine Frau.

Er sprach ihren Namen ein paarmal leise aus. Freia ... Freia ... Es klang lustig, aber auch ein bißchen flüchtig. Der Name paßte erstaunlich gut zu ihr.

Er würde gern etwas für sie kaufen. Um zu feiern, daß sie schon so lange zusammen waren. Die Jacke aus blauem Samt gefiel ihm gut. Eine schmale Taille und breite, gepolsterte Schultern. Kleine Größe, sah man sofort. Sechsunddreißig wahrscheinlich. Genau ihre Größe. Sie würde das lange Haar über dem Kragen ausbürsten ... ihre Wildlederstiefeletten ...

900,– stand kühl auf dem Preisschild.

»Komm, Noes. Steig jetzt mal in die Straßenbahn.«
Die Linie zwei hielt vor seiner Nase.

Die Straßenbahn war gerammelt voll, aber trotzdem

war für Noes noch ein Sitzplatz frei direkt vor einer schönen Mutter mit einer schönen Tochter, hellblond alle beide, mit rosigen, erhitzten Gesichtern.

Als er den Fahrschein in seine Tasche stecken wollte, rollten aus dem Reißverschluß an der Unterseite alle Zehncent- und Viertelguldenstücke auf den Fußboden. Auf dem Boden hockend, begann er, sie aufzusammeln und verursachte eine Stockung im Gang. Die Straßenbahn fuhr in voller Fahrt um die Kurve. Noes war wieder aufgestanden und mußte sich mit der einen Hand gut an der Stange festhalten, während er mit der anderen versuchte, das Geld in die Gürteltasche seiner Jeans zu stecken. Er merkte, daß Mutter und Tochter interessiert dabei zuschauten.

Uff, er saß wieder so einigermaßen. Über seine Schulter warf er der Tochter, einem etwa dreizehnjährigen Mädchen, einen verschmitzten Blick zu.

»Das fandst du wohl gut, was?« sagte er. »All die Viertelgulden auf dem Boden.«

Es gelang ihm nicht, den dummen Beutel wieder in Form zu kriegen. Gut, dann die Sachen noch mal heraus. Vorsichtig holte er erst das Gebäckstückchen und danach den Pulli heraus.

Das Mädchen lachte verlegen. Die Mutter sagte:

»Na ja, was Sie da versuchen, ist wohl auch sehr schwierig.«

Er drehte sich weiter herum.

»Ja«, gab er zu, »ich finde, es ist ein komplizierter Beutel. Er ist von meiner Freundin. Sie hat ihn mir heute früh mitgegeben. Es ist gleichzeitig ein Beutel und ein Portemonnaie. Ihrer Meinung nach ist er sehr praktisch.«

Die Mutter sagte lächelnd: »Na, sie kann sicher besser damit umgehen als Sie.«

»Oh, sicher«, sagte Noes. »Sie ist sehr geschickt und sie ist ...«

Seine Augen wanderten von der Mutter zur Tochter. Sie konnten sich beide sehen lassen. Die Tochter war lieb wie ein junges Ferkelchen, aber die Mutter konnte einen mit halbgeschlossenen Augen so ansehen, da war etwas daran ...

»Sie ist sehr lieb«, sagte er und faltete den Pulli auseinander. »Guck mal, den hab ich von ihr bekommen.«

Der freie Platz am Fenster neben ihm wurde belegt. Eine dicke Frau zwängte sich an ihm vorbei. Noes rettete gerade noch rechtzeitig sein Tortenstück. Die dicke Frau entschuldigte sich.

»Ach, das macht nichts«, sagte Noes und ließ auch noch einen kleinen Jungen vorbei, der sich bei der Frau auf den Schoß setzte. Es wurde eng. »Sie treiben es aber bunt«, murrte er gutmütig.

Er drehte sich wieder um. Lustig war das, dachte er inzwischen, so gemütlich wie er hier saß und erzählte. Verdammt, er war doch nicht anders als der erstbeste Amsterdamer. Hinter den Fenstern zog die Stadt vorüber. In den Straßencafés und in den Straßen war es fast genauso voll wie in der Straßenbahn. Aber es war ein sanftes Gedränge. Noes fühlte sich gewärmt, von den Menschen und von der Sonne.

»Und sie bekommt von mir ein Stück Torte«, fuhr er fort.

Er hob den Beutel kurz hoch.

»Zeig mal«, sagte die Tochter.

Das Mädchen warf einen Blick auf die unter dem matten Papier verborgene süße Pracht und lehnte sich dann schnell zurück, um damit zu zeigen, daß ihr Interesse rein theoretisch war.

»Kommen Sie manchmal in die Leidsestraat?« fragte er die Mutter.

Sie lachte. »Ja.«

»Ich habe da so eine schöne Jacke gesehen. Blau. Mit weiten Ärmeln. Die will ich meiner Freundin kaufen, na ja: meiner Frau. Wir sind schon fünf Jahre zusammen.«

»So, ihr seid aber treue Leute.«

Ihre Stimme klang belustigt.

Er starrte kurz vor sich hin. Sein Herz schwoll von Zärtlichkeit, von Liebe. Und ob er treu war, da konnte man Gift drauf nehmen. Wenn deine Frau solch schmale Knöchel hatte, wenn ihre Wangen morgens beim Aufwachen genauso fest und flaumig waren wie am Abend zuvor ...

Er sah die Mutter an.

»Ja«, sagte er ernst. »Ich bin sehr treu.« Und nachdem er kurz nachgedacht hatte: »Zur Zeit schon. Nicht, daß ich nicht auch gerne mal ein bißchen Spaß mache« – er lachte die Tochter kurz an –, »aber wirklich etwas anfangen, das wage ich nicht mehr. Denn wenn meine Frau dahinterkommt, dann schlägt sie mich.«

Die Mutter riß kurz die Augen auf.

»Entschuldigung«, sagte sie. »Ich hab Sie nicht richtig verstanden. Was macht sie?«

»Sie schlägt mich.«

»Nein. Ach was!«

Er nickte. »Ja, wirklich.«

Ohne sich seiner unbequemen, verrenkten Haltung bewußt zu werden, sammelte Noes seine Gedanken. Auch der kräftige Ruck, mit dem die Straßenbahn plötzlich bremste, um einem Jungen auf einem Fahrrad die Vorfahrt zu lassen, brachte ihn nicht aus seiner Konzentration.

Er beugte sich noch ein wenig vor: »Wir waren erst kurze Zeit zusammen, als ich es einmal geschafft habe. Ich verstehe es immer noch nicht, gerade so eine schöne, nagelneue Frau zu Hause, aber gut, es passierte. Und plötzlich krieg ich Reue. Reue! Etwa um sechs Uhr kam ich nach Hause. Ich dachte: Erst einmal in Ruhe essen, dann erzähl ich es schon. Aber sie sah mich so an, wie soll ich es sagen, sie durchschaute mich einfach und wußte alles. Aber nichts sagen, ja, nur: Oh? Bei einem Freund? und dann seelenruhig in die Küche gehen, um das Essen zu kochen. Ich setzte mich auf die Bank und dachte: Junge, da kommst du gut davon, sie findet es überhaupt nicht so schlimm. Ich fing an, Pläne zu schmieden, um es bald mal auf besondere Weise wiedergutzumachen, und sie kochte unterdessen. Zwei, drei Stunden war sie beschäftigt, denn das macht sie immer, ja, sich viel Arbeit mit dem Essen machen. Nach einer Weile fing es an, ungeheuer lecker zu duften, und ich bekam einen Bärenhunger, wirklich, es war nicht normal. Aus der Küche war ihr Gesumm und das Knistern des Feuers zu hören, alles so vertraut, ja, und dann fing ich an zu denken, daß alles in Ordnung ist, daß sie keine Ahnung hat. Und ich fing an, mich wie ein echtes Glückskind zu fühlen. Ganz übermütig!«

Hier mußte er seine Erzählung unterbrechen, weil die dicke Frau und der kleine Junge neben ihm zu streiten anfingen. Der Junge rief, daß sie schon da seien, und deutete energisch nach draußen. Die Frau schwor, daß sie bestimmt noch zwei Haltestellen weiter müßten.

»Na«, sagte Noes, als die zwei sich wieder beruhigt hatten, »ich sagte mir: Mit dieser Geschichte hast du aber ganz schön Schwein gehabt.«

Er senkte seine Stimme: »Schließlich kommt sie mit einer großen Pfanne direkt vom Feuer aus der Küche. Wo willst du es serviert haben? fragt sie. Sie steht vor mir und ich schaue auf ihren Rock und ihre Beine und auf das ganze Essen, denn sie hält die Pfanne so ein bißchen unter meine Nase, und ich denke: Die setzt sich gleich gemütlich neben mich auf die Bank. Nein, ich hatte wirklich überhaupt keine Ahnung, ja, sie sah so freundlich und ruhig aus, also sage ich: nun wie immer, hier auf der Bank. Und bevor ich einen Ton hätte sagen können, hebt sie die Pfanne hoch, so hoch sie nur kann – und Sie müssen bedenken, die Pfanne war mordsheiß und ganz voll Hühnchen und so – und schlägt sie mir mit voller Wucht auf den Kopf!«

Bitte sehr. Noes war auch selber ganz beeindruckt. Was für ein Temperament! Was für eine unberechenbare Frau! Klein, zart, aber sieh dir das mal an!

Er bemerkte, daß nicht nur die Mutter und die Tochter verblüfft schwiegen, die halbe Straßenbahn hatte mit zugehört. Eine Reihe aufmerksamer Gesichter schaute ihn an. Aber aus irgendwelchen Gründen war er nur an einem einzigen Gesicht interessiert. Sie hatte ihm zugehört, ihn angeschaut, aber Noes begriff plötzlich, daß er ihren Augen keinen Moment begegnet war. Das kam nicht durch das blonde Haar, das bis über ihre Augenbrauen fiel, sondern durch den eigenartigen, fernen Blick.

»Ich gebe ihr vollkommen recht«, sagte die Mutter.

Plötzlich erschien es ihm lebensnotwendig, daß sie ihn für einen Moment, und sei er auch noch so kurz, aufmerksam ansah.

Er schluckte.

»Ich war übel zugerichtet. Das Blut strömte über mein Gesicht. Ich lag auf dem Boden und heulte. Hilfe! Hilf mir doch! rief ich. Sie ging zum Telefon. Ich dachte: Sie ruft einen Krankenwagen. Sie müssen verstehen« – Noes griff sich an den Kopf –, »es war wirklich sehr schlimm. Hier unter meinem Haar kann man die Narbe immer noch fühlen. Aber nichts, ja, sie bestellte ein Taxi. Sie packte ihre Sachen und ging weg. Ja, sie ging weg, ohne sich auch nur einen Augenblick nach mir, der jammernd und blutend auf dem Boden lag, umzusehen!«

Die Mutter sagte: »Ach, so etwas sieht immer schlimmer aus, als es ist.«

Sie und die Tochter und die halbe Straßenbahn sahen ihn lachend an, und übrigens saß Noes selbst inzwischen auch lächelnd da.

Sie kamen zur Centraal Station. Die Straßenbahn hielt, und die Türen gingen auf.

»Und?« fragte die Tochter. »Wie ging es aus?«

Alle waren aufgestanden und drängten nach draußen. Noes ließ Mutter und Tochter an der Treppe vorgehen.

»Erst nach vier Monaten kam sie wieder zurück«, sagte er.

Noch immer kichernd und den Kopf schüttelnd saß er kurz darauf im Bus nach Amsterdam-Ost. Freia. Die war wohl ganz schön hitzköpfig ausgefallen. Ihm eine Pfanne mit Ajam Masak Kemiri auf den Kopf zu schlagen! Halbwilde ... Wo kam sie her? Nicht von Ambon. Auch nicht von Buru. Vielleicht von den Kaiinseln ...

Er stieg aus.

»So, Noes, ab in deine Wohnung.«

Zufrieden ging er zwischen den warmen Häusern. Die Leute saßen auf Stühlen vor ihren Türen. Es roch nach Essen, und es roch nach Rauch. Quirliger, glücklicher Rauch. Hoogeveen und das Viertel waren weit weg. Sie hatten ihm dann doch recht geben müssen, die Familie, die Freunde. Ja, Jungs, Noes wird seinen Weg machen: Eigene Wohnung, eigene Arbeit, Noes hat aufgehört zu träumen.

Bald wurden die Straßen enger und unordentlicher. Aus offenen Kneipentüren ertönte Geschrei. Ramponierte Autos ohne Räder versperrten die Bürgersteige. Er stolperte über ein paar Beine, die unter einem graugrünen Oldtimer hervorragten.

»Paß auf, wo du hinläufst, du Trottel!« tönte es wütend hinter ihm her.

Noes fühlte sich allmählich müde. Es war ein langer Tag gewesen. Er schaute sich um. Unbemerkt hatte sich der Trubel, das Geschrei der Menschen, die in den Fenstern hingen, die schwüle, staubige Wärme in ihrem Wesen verändert. Er bekam den Eindruck, in Ungnade gefallen zu sein, ohne zu wissen, in wessen. Niemand grüßte ihn. Niemand beachtete ihn auch nur im geringsten.

Noch ein Häuserblock.

Vor der Hausnummer achtundzwanzig spielten ein paar halbnackte Kinder in einem aufblasbaren Schwimmbecken. Er konnte sich gerade so vorbeischlängeln. Sein Zimmer war ganz oben. Mit einem merkwürdigen, heftigen Kummer stieg er die drei Treppen hinauf. Er kramte nach seinem Schlüssel.

Wie immer, wenn er in sein Zimmer kam, fiel sein Blick auf die Landkarte, die an der Wand über dem Fernseher aufgehängt war: die Inselgruppe im blauen Ozean. Ohne Angst war er über die Schwelle getreten, denn seine inneren Augen hatten die vier in Papier gewickelten Zehncentstücke gesehen, die in den Ecken seines Zimmers auf dem Boden lagen. Es waren keine bösen Geister mitgekommen.

Er schloß die Tür und war allein.

Uff, es war warm drinnen! Er ging zum Fenster und öffnete es. Sofort drang der Straßenlärm nach oben. Am Spülbecken wusch er sich die Hände, dann zog er seine Sachen aus und eine dünne, gestreifte Schlafanzughose an. Er machte den Fernseher an, packte das Stück Torte aus und fing mit großen Bissen zu essen an.

Nach Süden

In der Nacht lagen sie alle beide im Bett und lauschten: Tatsächlich fing der Baum gegen zwei zu singen an.

Diese Herbststürme waren sie natürlich gewöhnt. Jedes Jahr war es ein paarmal soweit. Dann war die Hölle los. Was flog da nicht alles durch die Luft! Die Wellbleche der Carports, die nicht verstauten Sonnenschirme, die Äste, die schon lange hätten gestutzt werden müssen. Das alte Viertel, in dem sie wohnten, war auf besondere Weise schick: Die Villen wurden vernachlässigt. Letztes Jahr war ein ganzer Balkon aus Natursteinen heruntergestürzt.

Wenn man es recht bedenkt, hatten sie keinen Grund wach zu liegen. Ihr kleines Haus, die Hälfte einer ehemaligen Dienstbotenunterkunft, wurde von Gerard perfekt unterhalten. Diesen Sommer hatte er das Flachdach mit einer neuen Lage Dachpappe der allerbesten Qualität gedeckt, und dann kam noch ein Bitumenanstrich drauf.

Aber gerade nachts war der Lärm eindrucksvoll. Dann tobte die Eiche. Sie stand eigentlich auf dem Gelände der Kirche, beschirmte aber großzügig ihr Haus und das von Marinus, dem jungen Mann, der vor einiger Zeit auf der anderen Seite eingezogen war. Im Laufe von mehr als zwanzig Jahren hatten Gerard und Lidy diesen Baum kennengelernt: Wenn über dem Getöse eine zitternde, hohe Melodie aufzusteigen begann, wie das Singen eines Kindes, dann konnten sie sicher sein, daß es Krach geben würde.

Gerard hörte seine Frau leise husten. Vorsichtig bewegte sie ihre Beine. Sie wollte offensichtlich vor ihm verbergen, daß sie wach lag.

»Schlaf wieder ein, Lidy«, sagte er. »Was kann schon passieren?«

»Es ist der Baum«, antwortete sie. »Eigentlich habe ich ihm nie so recht getraut.« Und mit einem Seufzer fügte sie hinzu: »Wie wir hier so liegen in unseren Schlafanzügen.«

Sie stützte sich auf einen Ellbogen und drehte ihr Kissen um.

»Und? Was ist damit?«

Sie gab keine Antwort. Er fühlte ihren warmen, unruhigen Atem in seinem Gesicht.

Aber er wußte es genau. Sie meinte, daß sie hier vertrauensvoll ausgestreckt wie Stockfische dalagen und daß sich ein paar Meter weiter eine nicht ungefährliche Welt auslebte.

»Sie sind ganz zuverlässig, die von der Kirche«, beschwor er sie. »Sie lassen ihn jedes Jahr untersuchen. Im Oktober ist das erst gewesen. Außerdem ...«

Er schwieg.

»Ja, was?«

»Außerdem ist steifer Nordwind«, fuhr er fort. »Wenn er fällt, fällt er nach Süden. Nicht auf uns.«

Kurze Zeit war es still. Dann sagte sie bestürzt: »Aber dann auf Marinus!«

In diesem Augenblick begriff Gerard, daß sie überhaupt nicht auf den Sturm gehört hatte, das heißt: nicht wirklich. Ihre Beobachtungen – Gott, wie tobten die Äste, was waren das für Explosionen, stockfinster mußte es jetzt da draußen sein, morgen würde der Brunnen überlaufen, voll mit schmutziggrauem Schlamm und Blättern, die nach Schwefel stanken – hatten sich auf einen Alarmzustand konzentriert, der viel tiefer in ihrem Inneren existierte: Warum dauert es dieses Mal so lange?

Und da sagte sie es auch schon: »Er bleibt dieses Mal aber sehr lange fort.«

Stillschweigend stimmte ihr Gerard zu. Wirklich. Länger als sonst. Marinus war morgen haargenau fünf Wochen fort. Ihre Stimme wird jeden Tag dunkler, dachte er.

Morgens schien alles halb so schlimm. In ihren Schlafanzügen standen sie am Fenster und schauten hinaus. Der Garten war unter Ästen und Blättern begraben, und auf dem Dach des Schuppens lag etwas, das wie ein Stück Regenrinne aussah.

»Nur die Wäschespinne«, sagte Lidy.

Sie hatte recht. Verbogen und sogar ein bißchen ausgeklappt stand sie auf dem Rasen. Zu dumm, dachte Gerard, daß er sie nicht schnell hereingeholt hatte.

Es wehte noch immer tüchtig. Im schwachen Morgenlicht konnte man über das Haus auf der gegenüberliegenden Seite drei Wolkenschichten in unterschiedlicher Geschwindigkeit hinwegjagen sehen. Obwohl die vorderste schwer und violett aussah, zog sie doch am schnellsten vorüber. In einer Dachöffnung saßen zwei Tauben mit flatternden Flügeln.

Beim Kaffeetrinken strömte plötzlich der Regen nieder, fast wie Hagel. Von der Kraft des Windes angetrieben, peitschten die Regentropfen gegen die leeren Flaschen und den Mülleimer.

»Solltest du nicht einen Moment warten?« fragte Lidy, als er an der Hintertür seine Schaftstiefel anzuziehen begann.

Aber Gerard hatte an den Tagen, an denen er nicht ins Büro mußte, niemals Ruhe. Arbeitszeitverkürzung hieß die segensreiche Regelung, und er war gewohnt, sie gut zu nutzen.

Er fing an, die Blätter zusammenzurechen und sie tüchtig zusammengestampft in Müllsäcken unter dem Vordach des Schuppens zu verstauen. Danach sammelte er die Äste auf und stapelte sie auf die Holzscheite. Prima Feuerholz. Schade, daß der Regen ihn daran hinderte, das Gartentor mit Karbolineum zu streichen, wie er es für heute vorgehabt hatte.

Mit hochgezogenen Schultern stand er hinten im Garten. Während seine Blicke über sein Haus – alles in Ordnung – und über das von Marinus wanderten, konnte er fast nicht glauben, daß es zwei vollkommen gleiche Hälften eines Gebäudes waren. Schmal, niedrig, eigentlich nicht mehr als ein vergrößerter Schuhkarton, aber er hatte es verstanden, seinen Teil im Laufe der Jahre zu einem Bungalow mit Spiegelfenstern umzubauen, mit einer fachkundig hochgebundenen, jetzt kahlen, aber den ganzen Sommer überreichlich blühenden Pink Dawn und einer mit Platten belegten Terrasse. Jetzt im Regen glänzte die Farbe der Fensterrahmen wie eine Speckschwarte. Aber in den letzten Wochen konnte ihn der Anblick von all dem Schönen nicht mehr erfreuen. Und heute traf ihn die gerade Trennungslinie zwischen seinem grünen Dachgesims und dem abgeblätterten Grau von Marinus' Hälfte wie ein Stich ins Herz.

Er hatte auf der Leiter gestanden. Die Sonne im Nakken. Spachteln, schmirgeln und danach das Schönste: die glänzende Farbe. Marinus hatte mitten in einem unbeschreiblichen Durcheinander in seinem Garten gekniet und gebastelt. Wie immer in dieser Soldatenjakke. Hingebungsvoll. Ihn völlig ignorierend. Gerard hatte ein paarmal rufen müssen, und als er hochsah, machten seine Hände einfach weiter. Irgendwo dran drehen. Kratzen von Metall auf Metall. Merkwürdig gelbe Augen hatte dieser Junge. Ob er seine Seite auch gleich mitmachen sollte. Kleine Mühe. Schnell erledigt.

»Nein, Gerard, schwirr ab mit deinem Pinsel«, hatte Marinus in freundlichem Ton gesagt. »So wie es jetzt ist, ist es mir recht.«

Sie waren froh gewesen, als sie merkten, daß die Wohnung auf der anderen Seite wieder bewohnt wurde. Eines Abends stand ein Container auf dem Weg, und als Gerard am nächsten Tag herauskam — es war an einem Samstag Ende Juni, und es war eine Menge zu tun —, sah er, wie ein etwa fünfundzwanzigjähriger junger Mann eifrig die leeren Ölfässer, die alten Öfen, all den Mist, der sie schon jahrelang geärgert hatte, in diesen großen Behälter schmiß.

»Hallo!« rief Gerard über die Hecke. Ein breites Lachen lag auf seinem Gesicht.

Der junge Mann winkte ihm zu, ohne seine Arbeit zu unterbrechen. Gerard sah noch ein Weilchen zu. Es war ein verdammt kräftiger Junge, der mit der größten Leichtigkeit einen Franklinofen anpackte. Seine Art zu laufen erinnerte ihn an seine Wehrdienstzeit: die langsamen großen Schritte, die jeder bei einer langwierigen und langweiligen Arbeit machte.

Und weil da auch noch die Militärjacke war und die Kisten und das dunkle, fettige Haar, das ihm ins Gesicht fiel, ohne den Ausdruck von Konzentration, von Müdigkeit darin zu verbergen, kam dann eben bei Gerard das Gefühl auf, daß er es mit einem Soldaten zu tun hatte. Einem Frontsoldaten.

»Komm dir gleich mal eine Tasse Kaffee holen«, rief Gerard. Er deutete »hier nebenan«. Und ohne die Antwort abzuwarten, machte auch er sich an die Arbeit.

Die Arbeit ging an diesem Morgen besser denn je voran. Erst hatte er das Auto gewaschen und danach mit einem Wollappen gewachst. Dann hatte er seine zusammenklappbare Werkbank aus dem Schuppen geholt, die Sägemaschine angeschlossen und das Gewürzregal aus Mahagoni – ein Wunder an Aufmaß, das den unregelmäßigen Platz zwischen der Dunstabzugshaube und dem Wäschetrockner genau ausfüllen sollte – fast ganz fertiggestellt. Nur noch lasieren. Während die Sonne höher stieg und sich die Umrisse seines sehnigen Rückens unter seinem Hemd abzeichneten, war er sich ständig der Geschäftigkeit von nebenan bewußt. Der Nachhall der Geräusche aus dem Container wurde allmählich immer dumpfer, und gegen Mittag ertönte das triumphierende Zischen eines Wasserstrahls: Der Platz wurde abgespritzt.

»Da wird tüchtig aufgeräumt«, berichtete er Lidy beim Mittagessen.

Als er aber etwas später mit dem Rasen beschäftigt war – walzen, saubermachen, abstechen –, sah er verblüfft, wie eine Ladung nach der anderen wieder auf den Hof geschleppt wurde. Kisten, Rohre, Holzpfähle, ein Grabstein, eine Partie altes Abbruchholz, Rollen von Maschendraht. Nachdem Gerard die Harke weggeräumt hatte und während er in der Türöffnung der Scheune seine Schuhe wechselte, stellte er fest, daß der Haufen Krempel nebenan größer war als je zuvor.

Plötzlich stand er vor ihnen. Lidy hatte gerade Tee gekocht, das ganze Haus roch nach Marmorkuchen, und da tauchte er auf im hellen Sonnenlicht, das durch die Türöffnung hereinfiel.

»Ich habe doch Lust auf Kaffee.«

Er schaute zu Lidy.

Gerard sprang auf und gab sich gastfreundlich. »Wie schön. Komm herein!«

Sie schüttete den Tee weg und füllte die Kaffeemaschine.

Ohne zu überlegen, ging er durch das mit Möbeln vollgestopfte Zimmer und setzte sich auf den Kamelsattel neben dem Herd. Ein niedriges und unbequemes Möbelstück, eigentlich nur für eine Katze oder ein Kind geeignet. Zusammengekauert, seine riesigen Schuhe auf dem Teppich, wartete er, bis der Kaffee fertig war.

Sie mochte ihn sofort. Sie setzte sich ihm gegenüber und fragte ihn, wie er heiße und was er mache. Er hieß Marinus. Er war Künstler. Er machte Plastiken.

»Verrückt«, sagte sie abends zu Gerard. »Seine Augen und seine Stimme kommen mir so bekannt vor.«

Es klopfte ans Fenster. Gerard sah hoch. Sie rief etwas und deutete hin. Es konnte natürlich keine Rede davon sein, daß er sie bei dem Wind verstehen konnte.

Er lief zum Fenster. Hinter der Scheibe wandte sie ihm ihr porzellanfarbenes Gesicht zu. Sie artikulierte deutlich, ihre Lippen gegen seine: »Schau mal bei Marinus nach. Die Plane. Über den Zementsäcken.«

In seiner Regenjacke lief er über den Weg, der zwischen den aufgestapelten Sachen freigelassen worden war. Die Eiche, die in den vergangenen Tagen eine Menge Blätter verloren hatte, hatte einen Teil von diesem Schrott in goldene und bräunliche Wogen verwandelt. Sah ganz friedlich aus. Gerard kniff seine Augen ein wenig zu.

Niemals hatte er mehr die Chance gehabt, so eine Strecke zurückzulegen wie in jenem ersten Studienjahr, als er sich in Gesellschaft von drei anderen Großmäulern – »Weltenbummlern« – in der Türkei, in Afghanistan, in Tibet mal umsehen wollte. Er erinnerte sich an die sonderbar kalte Nacht, in der er sich sehr ungemütlich gefühlt hatte, in der seine Augen, die tagsüber die Schluchten, die Ebenen, die mit Nadelwäldern bewachsenen Abhänge bestaunt hatten, sich ernüchterten. Blind und taub. Nur ein Fleckchen in seiner Kehle war noch imstande, ungenaue, aber beängstigende Anzeichen dessen wahrzunehmen, was unter der Oberfläche, unter der fremdartigen Decke der Landschaft verborgen war. Bergbau hatte er tags darauf gedacht. Und später zu Hause: Bergbau ..., Bergbau ... eigentlich ein bißchen unpraktisch.

Die Plane war zum Glück liegengeblieben. Aber es konnte nicht schaden, sie zusätzlich zu beschweren, es war nicht gesagt, daß das schlimmste vorüber war. Er spähte umher. Als er einen Stein neben dem

Zaun aufhob, schossen ein paar schwarzglänzende Käfer darunter hervor.

Sie waren ihn suchen gegangen, dieses erste Mal. Natürlich nicht gleich. Erst nachdem er über eine Woche nicht zum Essen gekommen war, stand für sie fest, daß irgend etwas schiefgelaufen sein mußte.

Sie liefen auf dem Pfad hintereinander auf sein Haus zu – wachsame Blicke, verstohlene Schritte – und fühlten nur Scham. Vielleicht war er *ganz normal* zu Hause. Vielleicht sah er sie kommen und fing leise zu fluchen an. Er wollte nie gestört werden.

Zu ihrem Erstaunen war die Tür nicht verschlossen. Die Bettlaken hingen auf den Betonfußboden herab. In einer Bratpfanne klebte noch die Hälfte von einem strammen Max. Schließlich fanden sie auf einem aufgeschlagenen Telefonbuch die Aufforderung.

Sie waren derartige Gebäude nicht gewöhnt. Erst an der Rezeption melden. Wie ist der Name. Dritter Stock und dann aus dem Fahrstuhl den Flur entlang. Die seltsam vergnügte Atmosphäre flößte ihnen Angst ein. Man kannte sich aus. Man sprach locker. Man kam bestimmt oft hierher. Eine junge Krankenschwester ging lächelnd, träumend hinter einem Teewagen her. Im Fahrstuhl wurde der Desinfektionsgeruch von dem Geruch der Blumen überdeckt. Auch Lidy hatte welche dabei, seltsame Dinger, sie konnte sich nicht vorstellen, daß sie die gleich überreichen sollte. Mit den anderen kamen sie auf den Flur. Niemand außer ihnen sah die verbotene Szene, als eine Tür aufging: eine spindeldürre Frau, die fassungslos ihr Hemd hochhob.

Schließlich fanden sie ihn in einem Dreibettzimmer, in dem schon zwei Betten von Besuch belagert waren. Gerard ging weiter, aber Lidy zögerte an der Tür.

Mit geschlossenen Augen und das Laken halb über seinem Kopf lag er dem Fenster zugewandt. Gerard beugte sich über ihn. Ja, er war es wohl, trotz der knochigen Stirn, trotz der Maske aus altem gelben Ton. In dem Augenblick, in dem er leise »Marinus!« sagte und Marinus die Augen aufschlug und ihn langsam, rasend, rot vor Wut, erkannte, da begriff Gerard, wie unverzeihlich indiskret seine Anwesenheit hier war.

»Verdammt noch mal . . . . verdammter Gerard! Hau ab!«

Sie fanden den Ausgang ganz leicht.

Auf dem Rückweg wechselten sie kein Wort. Es regnete. Im Bijlmer standen alle Ampeln auf rot, und danach gerieten sie in einen Stau, der sich erst an der Ausfahrt Almere auflöste, wo drei oder vier verknautschte Autos gegen die Leitplanke gedrückt standen.

Vor einiger Zeit – an einem schönen Spätsommertag, ein Zeppelin schwebte über der Kirche – hatte Marinus sich erkundigt: »Was arbeitest du eigentlich?«

Überrascht, denn er stellte nur selten eine persönliche Frage, hatte Gerard geantwortet, daß er bei der SWOV arbeitete.

»Swof? Swof?« wiederholte Marinus.

»Stiftung Wissenschaftliche Untersuchung Verkehrssicherheit.«

Während er sein Glas ein wenig schief hielt, so daß Gerard ihm ein Pils mit einer ordentlichen Schaumkrone einschenken konnte, sah Marinus ihn verständnislos an.

»Oje.«

»Ich befasse mich mit der Mittelstreifenbefestigung«, erläuterte Gerard. Seine Stimme klang feierlich.

»Du meinst die Leitplanke?«

»Ja. Die Leitplanke.«

Das hatte ihn belustigt. Er hatte dagesessen und ihn kichernd angesehen und nach einer Weile gesagt: »Du sorgst dafür, daß sie sich nicht kriegen. Auch wenn sie alle gleich schnell fahren.«

Er fing an, irgendein dummes Liedchen zu pfeifen, was er unterbrach, um nachdenklich nochmals zu betonen: »Du sorgst dafür, daß zwei gleiche, aber in verschiedene Richtung rasende Welten voneinander getrennt bleiben.«

Gerard bog in den Weg ein. Die Bank, auf der sie damals gesessen und geredet hatten, glänzte vom Regen.

In der Küche steckte sie zerstreut die Blumen ins Wasser, ohne die Blätter von den Stielen zu entfernen. Er hörte sie leise schniefen, wie sie es immer tat, wenn sie erschüttert war. Einige Tage lang standen die Chrysanthemen – eine besonders hartnäckige Sorte – zwischen ihnen auf dem Tisch. Dann entdeckte er sie im Mülleimer unter einem Rest Kartoffeln.

Als er wieder hereinkam, waren das Radio, die Waschmaschine und der Trockner an, und Lidy war mit besorgter Miene dabei, den auf Hochtouren laufenden

Mixer durch eine Rührschüssel zu ziehen. Was niemals möglich gewesen wäre, wenn Marinus dagewesen wäre.

Er zog den Regenanzug und die Stiefel aus. Ein bißchen benommen von dem Lärm rauchte er in seinem Sessel neben dem Zeitungsständer erst mal eine Zigarre. Er sah sich um.

Auch hier hatten seine Hände im Laufe der Jahre ganz schön was zustande gebracht. Abgesehen von den Tapeten, den moosgrünen Türen und dem Parkett galt seine Zufriedenheit vor allem den Gegenständen. Darin steckte seine wirkliche Liebe. Es gab kein größeres Vergnügen als zuzuschauen, wie Lidy ohne Aufhebens den Tisch mit seinen sorgfältig gelöteten Messerbänkchen deckte, die Kiefernstühle heranrückte, die Lampe mit ihrem dicken, orangebraunen Pergamentschirm anknipste. Es schien so, als ob sie seine Arbeiten mit ihren kräftigen Berührungen erst vollendete, Ihnen so richtig Leben einhauchte.

Die Apparate waren nacheinander abgelaufen. Nur das Radio lief weiter und trompetete den Wetterbericht ins Zimmer: »... bis zu Orkanstärke aus dem Norden ... Windgeschwindigkeiten von hundertvierzig Stundenkilometern ... Warnung für die Schifffahrt ...« Ja, es war zu merken. Über seinem Kopf waren Kräfte am Werk, die sein Haus nach allen vier Seiten auseinanderzureißen schienen. Im Garten wirbelte eine Spirale von Blättern hoch. Als Orgelmusik einsetzte, stand er auf und schaltete das Radio aus.

Sie hatten denselben elektrischen Stromkreis. Wenn sie außer kochen und waschen auch noch staubsaugen wollten, konnte Marinus es gleich sein lassen. Eines

Tages – zufällig an Lidys Geburtstag – war sein verärgertes Gesicht am Küchenfenster erschienen. Sie kannten ihn noch nicht so gut und waren erschrocken.

»Was ist los«, schrie er, »ich sitze plötzlich ohne Strom!«

Verlegen drehte Gerard an den Schaltern und zog die Stecker aus den Steckdosen.

»Ich komm gleich mal rüber und dreh eine graue Sicherung rein!« rief er zurück.

Man kann wirklich nicht behaupten, daß diese Bude das genaue Spiegelbild ihres eigenen behaglichen Hauses war! Erstaunt schaute Gerard auf die übervollen Werkbänke (Louis XVI-Sitzecke mit Fernsehschrank), den gesprungenen Porzellanausguß mit einer Gasflasche daneben und ein Tischchen mit Schneidbrennern und Schweißgerät (eingebaute Badewanne mit Handdusche) und das Bett mit einem vollen Aschenbecher neben dem Kissen (zwei mal zwei Meter dreißig, Gerard war sehr groß und hatte es deshalb ein bißchen verlängert; eine Matratze war schwer zu bekommen gewesen). Der schöne, schmiedeeiserne Deckenleuchter wurde dunkel reflektiert von einem Flaschenzug – fünfhundert Kilo –, von dem ein paar rostige Ketten bis auf den Fußboden herunterhingen. Wegen des Zählers war er hier natürlich schon früher gewesen, aber damals war der Raum kahl und anonym und mehr oder weniger unsichtbar.

Nachdem er die Sicherung hineingedreht hatte, ging der Fernseher an und irgendwo in einer Ecke begann eine Bohrmaschine zu laufen. Marinus ging hin.

Aber das schrecklichste waren die Gegenstände. Gerard konnte sie nicht einordnen, die Hindernisse, die überall aufgestellt waren und die er nicht genau anzusehen wagte.

Außer dem Ding mitten unter der Lichtkuppel des Daches. Konnte man da etwa drum herum? Es war etwa zwei Meter hoch, aus Holz, grau und bräunlich gestrichen und an einigen Stellen mit grobem Gips beworfen. So sah es aus.

»Was soll das denn darstellen?«

Zuerst reagierte er überhaupt nicht. Legte die Bohrmaschine weg, zog eine Kiste mit Gerätschaften heran, in der er herumwühlte und aus der er auch schon einen kleinen Schraubenzieher herausfischte, den er prüfend hochhielt und dann zugunsten einer Rohrzange wieder fallen ließ.

»Es stellt das dar, was du siehst«, klang es nicht sehr entgegenkommend.

Von wegen, dachte Gerard plötzlich ein wenig ärgerlich. Was ich sehe, ist, daß hier sehr schlampig gezimmert wurde, daß die Nagelköpfe nicht versenkt sind, daß vergessen wurde, einen Klumpen Gips wegzukehren.

Er erstarrte, als sein Blick auf Marinus fiel, der langsam nähergekommen war und nun auch die Konstruktion anschaute, nein, belauerte. Wachsam. Taxierend. So schaut man auf eine in braunes Papier eingewickelte tickende Schachtel, auf ein Ufo am nächtlichen Himmel, auf ein behaartes, dunkelgeflecktes Tier einer unbekannten Spezies, von dem man nicht weiß, ob es sich mit einem leisen, gutmütigen Knurren davonmachen wird oder im Begriff ist, einen mit schrecklichem Gebrüll anzufallen.

Sahen sie wirklich dasselbe?

Und auch als er betroffen herumging und hinter Marinus aus derselben Ecke mit ihm hinschaute, sah er es nicht, das drohende Ereignis, die Gefahr einer Explosion, er sah lediglich die hochgezogenen Schultern in der Soldatenjacke.

Zerstreut umschlossen seine Finger die Einkaufsliste, die noch in seiner Jackentasche steckte, und ihm fiel ein, daß sie heute abend Besuch bekommen würden.

Doch: er wollte in Marinus' Gesellschaft bleiben. Aus einem unerklärlichen Grunde.

»Du, Lidy hat Geburtstag. Komm nachher gemütlich was trinken.«

Gerade als sie sich an den Tisch setzen wollten, kam er hereingeschneit. Weil die Geschäfte schon geschlossen waren und er daher keine Blumen mehr kaufen konnte, hatte er ihr eine kleine Zeichnung mitgebracht. Sie stellte nicht viel dar, eine Arbeitsvorlage, ein paar Linien, mehr nicht. Aber Lidy hielt sie bewundernd in Händen. Sie erkannte darin einen Berg.

»Die mußt du ganz schon einrahmen, Gerard«, sagte sie.

Gerard betrachtete sie über ihre Schulter hinweg und nickte. Mahagoniholz, überlegte er, nicht zu breit, aber doch mit einem kleinen Profil.

An diesem Abend schob Lidy einen dritten Stuhl dazu, so daß er mit ihnen essen konnte, und es machte wirklich nichts aus, daß er danach täglich zu ihnen zu Tisch kam, denn Lidy kochte immer viel und gut ... Solche Dinge werden schnell ganz alltäglich, so alltäglich, daß sie jedesmal ganz durcheinander waren, wenn er einfach verschwand und sie sich dann auch wieder sehr an sein Gesicht gewöhnen mußten, sie hatten das nicht so im Gedächtnis, ihrer Meinung nach war es ein pausbäckiges Gesicht, dessen Lippen die Zähne gut umschlossen, ihrer Meinung nach war das Haar lang, üppig gelockt und fast schwarz ... Aber immer gewöhnten sie sich schnell wieder daran, und wie schön ist es, einen Hausfreund zu haben, der so gut ißt, der sich zusehends erholt und auch noch ein Weilchen sitzen bleibt, um gemütlich fernzusehen ...

Überraschend liebenswürdig saß er zwischen den Beistelltischchen und dem Besuch. Wie immer auf dem Kamelsattel. Er schien mit einer Kuchengabel zurechtzukommen und trank schwarzen Kaffee, bis der Alkohol auf den Tisch kam.

Worüber sprach er so ernsthaft mit Lidys Schwester? Gerard war mit der Direktionssekretärin nie so gut ausgekommen. Sein Schwager setzte sich freundschaftlich schnaufend neben ihn. (So!) Während sein eines Ohr den Informationen über das enorme, von allein anwachsende Kapital einer Kapitalversicherung – unter der Voraussetzung natürlich, daß sie in jungen Jahren abgeschlossen wurde – zuhörte, fing Gerard mit seinem anderen Ohr Gesprächsfetzen von gegenüber auf.

Sie redeten über die Nachtwache, über die doch sehr schönen Farben von Karel Appel und über Vincent van Gogh.

»... in Dollar. Nicht amerikanischen, nein, Junge, ich sage dir, denk an den australischen Dollar.«

Er war nicht wahnsinnig. Nein, auch nicht am Ende seines Lebens. Er gehörte gerade zu den sehr wenigen Menschen, die alle beieinander haben.

»... rechne mal zusammen, z.B. in Form einer Leibrente.«

Keiner der Betroffenen hatte sich seitdem verändert. Vincent nicht, die Gemälde nicht und auch die stumpfe Masse nicht.

»... und du weißt doch sicher, daß ein ordentlicher Betrag absetzbar ist?«

Du erinnerst dich doch bestimmt noch an den Verkauf der Sonnenblumen letztes Jahr? Die auch dieselben sind: ungesehen und unverstanden. Zwischen den Sonnenblumen von damals und denen von jetzt liegen nur vierzig Millionen Dollar. Nicht mehr als ein Symptom. Nicht mehr als ein Symptom kriminellen Wahnsinns.

Lidy winkte ihm aus der anderen Ecke zu. Es saß jemand trocken. Als er mit der Karaffe vorbeiging, rückte Marinus hilfsbereit etwas nach hinten, aber seine Schwägerin zog ihre Füße keinen Zentimeter zurück. Ihre Hand hatte sie gegen ihren Hals gestützt. Ihre Augen starrten verbittert an ihm vorbei.

»Zusammengerafft nach Raubmord«, flüsterte sie.

Sie sah diesen Mann zuerst.

Bei Tisch hatten sie wenig geredet. Nach so vielen Stunden begann der Sturm sie zu ermüden. Gerard las mit halbem Auge eine Wochenzeitschrift, und Lidy starrte nach draußen in die saubere, rauhe, unendlich blaue Luft. Über den Bäumen und den Häusern hing der Lichtschein aus einem Eissalon.

Wer weiß, wie lange dieser Mann da schon spähend umherlief? Für einen Moment verschwand er aus ihrem Blickfeld, aber dann sah sie ihn wieder oberhalb der Hecke auftauchen: ein Mann in Grau, mit wehenden Haaren.

»Ein Kerl«, sagte sie.

Gerard sah hoch.

»Was?«

Sie streckte sich.

»Da schnüffelt ein Kerl bei Marinus herum!« rief sie aus.

Bis zur Haustür ging sie mit ihm, aber als er hinaustrat, den Kragen seiner Jacke hochgeschlagen, folgte sie ihm nicht. Gerard kannte ihre geheime Überzeugung: Wenn sie nicht dabei war, verliefen die Dinge oft besser.

Vom Anfang des Weges an sah er es schon. Was er sah, gefiel ihm absolut nicht. Der Mann stand da und spähte bei Marinus durchs Fenster. In der Hand, mit der er seine Augen abschirmte, hielt er ein doppelt gefaltetes Stück Papier, in der anderen eine Aktentasche. Gerard fühlte, wie sich die Haut auf seinen Armen zusammenzog. Einen Augenblick lang versuchte er, sich im Geiste zu erinnern, wozu dieses Bild paßte, die heimliche Bedrohung kam ihm irgendwie bekannt vor, vielleicht hatte ihm jemand irgendwann einmal etwas erzählt, vielleicht hatte er ein Foto gesehen, vielleicht gehörte es zu den Erinnerungen, die jeder überliefert mit sich herumträgt.

»Darf ich mal wissen, was Sie da machen?«

Der Mann drehte sich um, und in dem Moment begriff Gerard, der selbst jeden Monat einen ganzen Abend zum Ordnen seiner Unterlagen einplante, um mit der größten Gewissenhaftigkeit seine Verpflichtungen zu erfüllen, wen er vor sich hatte. Die graue Jacke, sauber, aber abgetragen, die Ledertasche, und vor allem die Füße – klein, in engen Schuhen –, solche Füße, die so zaghaft aussehen, denen es aber letzten Endes immer gelingt hereinzukommen: Dieser Mann war der Gerichtsvollzieher.

»Wissen Sie vielleicht, wo sich der Bewohner dieses Gebäudes aufhält?«

Im Näherkommen starrte Gerard ihn schweigend an.

»Er hat auf keinen einzigen Brief geantwortet. Auch am Schalter ist er nicht erschienen.«

Diese Feststellungen wurden ihm in höflichem Ton mitgeteilt, ohne eine Spur von Groll, wahrscheinlich war es sehr übertrieben, zu denken, daß er in seinen Jackentaschen die Fäuste ballte.

Als der Mann sich erneut umdrehte und dabei die Tasche auf den Boden stellte, was in irgendeiner Weise einen Entschluß zu beinhalten schien, sagte Gerard: »Da gibt es nichts zu holen!«

Er bekam keine Antwort. Der andere schien konzentriert.

Gerard lief nun auch zum Fenster.

Beide Männer schauten nebeneinander hinein. Da mitten im Raum stand das Motorrad.

Es war eine erstaunlich schöne Maschine. Schlank, himmelblau angestrichen, mit zwei Spiegeln, an langen Stäben am Lenkrad befestigt, schien sie nicht so sehr dafür bestimmt zu sein zu fahren als zu fliegen. Man würde erwarten, daß sich aus dem glänzenden Material der Seiten zu einem bestimmten Zeitpunkt ein paar Flügel entfalteten und dieser Grashüpfer, dieser prächtige Käfer, dieser südamerikanische Schmetterling mit wütendem Gebrumm über den Köpfen verschwand.

Gerard, der nach diesem ersten Mal das Motorrad

nicht mehr ansehen konnte, ohne daß ein elendes Gefühl der Niedergeschlagenheit in ihm aufstieg, mußte immer wieder zugeben, daß er noch nie zuvor so ein schönes Fahrzeug gesehen hatte.

Das war an einem dieser warmen Sommernachmittage gewesen. Wochenlang hatte es geregnet, und als nun endlich die Sonne schien, war sie verhangen. Im Haus blieb die feuchte Hitze hängen. Zum erstenmal seit Jahren hatte Gerard das große Fliegengitter hervorgeholt, nachdem Lidy morgens mit einem von Mückenstichen fast zugeschwollenen Auge aus dem Bett aufgestanden war.

Überall standen die Türen offen. Auf der anderen Seite der Hecke wurde das Radio angestellt, Musik von Blechbläsern ertönte, gutmütig genug, um Gerard dazu zu bewegen, mal auf ein kurzes Schwätzchen mit Marinus hinüberzugehen.

»Was hast du denn jetzt wieder angefangen?«

Er kniete neben einem Motorrad. Ein armseliges Ding. Rostig. Platte Reifen. Der Fußboden war mit Einzelteilen bedeckt. Sein Hemd stand offen. Die Haut seiner Brust glänzte zart und weiß wie die einer Frau.

Marinus sah hoch.

Er hat zu viel gearbeitet, dachte Gerard. Schon wochenlang ist er ununterbrochen beschäftigt. Es war eine komische Sache. Man hatte irgendeine staatliche Regelung für Künstler aufgehoben. Es hatte in allen Zeitungen gestanden. »Sie lassen die Künstler am Leben, das schon noch, aber sie dürfen nicht mehr arbeiten.« Aber Gerard hatte ihn noch nie zuvor an diesen Plastiken so hart arbeiten sehen wie gerade in der letzten Zeit.

»Ich werde das Motorrad vollkommen überholen, Gerard«, sagte er.

»Das wird ein ganz schönes Stück Arbeit werden.«

»Ja, ein schönes Stück Arbeit. Aber vor dem Winter ist es fertig. Dann verreise ich. Hallo, Lidy.«

Gerard sah sich um. Er hatte sie nicht kommen gehört. Sie hatte einen Zettel in der Hand, wahrscheinlich war wegen des Computerunterrichts angerufen worden. Aber auch sie sah das Motorrad, und zweifellos hatte sie die letzten Worte mitbekommen.

»Du verreist? Wieso?« fragte Gerard und drehte sich wieder um. »Wo fährst du denn hin?«

Marinus wich seinem Blick aus. Er schaute auf die Maschine.

»Nach Süden«, sagte er.

Und da sowohl Lidy als auch er schwiegen, begann Marinus ihnen klarzumachen, daß es ihm hier reiche. Daß ein Freund von ihm, der in der Provence wohne – in einem alten Bauernhaus außerhalb von St. Rémy – noch genug Platz für ihn habe. Er erzählte ziemlich ausführlich von der Sonne, von den Olivenhainen, von den Zypressen und wiederum von der Sonne.

Gerard merkte, daß er ungern zuhörte. Das Thema behagte ihm nicht, und auch der trübe, zerstreute Blick, mit dem Marinus über ihre Köpfe hinweg nach draußen starrte, gefiel ihm nicht. Deshalb begann er an den Computer zu denken, der heute im Büro angekommen war, und an den kostenlosen Unterricht, den die Interessenten bekommen sollten, er hatte seinen Namen als erster in die Liste eingetragen ... Jetzt redete Marinus allerdings von etwas anderem. Er war auf dem Rathaus gewesen. Am Schalter einundzwanzig hatte er ein Formular ausfüllen müssen. Er bekam einen wütenden Gesichtsausdruck. Und dann auch noch diese dunklen Ringe unter den Augen, wer arbeitet denn so idiotisch lang in einem fort? ... Die Blechmusik im Radio hörte plötzlich auf, es war amateurhaftes Hüsteln zu hören und danach nur noch ein leiser Piepton ... Das wird noch ein harter Brocken werden, alle diese Einzelteile zu ersetzen, es gibt eine gute Autoverwertung in Diemen, aber es ist sehr wahrscheinlich, daß die meisten Teile doch nicht mehr zu bekommen sind ... »Hast du keine Angst, daß sie dich damit schnappen?«

Marinus sah ihm gerade in die Augen.

»Beruf Doppelpunkt keinen, Gerard! Ausbildung Doppelpunkt ungelernt!«

Es herrschte Stille. Neben ihm war das vertraute Schniefen von Lidy zu hören.

Dann fragte Marinus plötzlich leise: »Was hast du denn am Auge, Lidy?«

Sie strich sich mit dem Handrücken über das Gesicht.

»Ein Mückenstich. Es tränt schon den ganzen Tag.«

Ein Windstoß brachte ihn aus seinem Gleichgewicht. Er fand es unangenehm, daß seine Schulter die des anderen berührte.

»Na, na!« sagte der Mann.

Es klang zufrieden. Er bückte sich und steckte das Formular, das er gegen die Scheibe gehalten hatte, um etwas darauf zu notieren, in seine Aktentasche.

Es bewölkte sich; der Wind zerrte an ihren Kleidern. Schwankende, gegen den Wind anlaufende Gestalten.

Am Nachbarhaus hatte sich eine Markise gelockert. Knallend schlug die Leinwand gegen die Fassade. Der Baum tobte. Wie ein Segelschiff, dessen Leinen niemand mehr festhielt. Im Weggehen schauten die beiden Männer hinüber. Das hohe Singen war gut zu hören.

»Das fängt hier tüchtig an zu spuken«, sagte der Mann. Gemächlichen Schrittes ging er den Pfad entlang und verschwand über den kiesbedeckten Hof der anderen Villa in Richtung auf die Straße.

Wie spät mag es gewesen sein, als es passierte? Vier Uhr? Fünf Uhr? Jedenfalls noch nicht ganz dunkel. Lidy stand am Tisch. Sie hatte den Besteckkasten hervorgeholt und putzte das ganze Zeug mit einem gelben Tuch. Gerard schaute auf ihren feuchten, weichen Mund, wenn sie ihr Gesicht hochnahm, um einen Löffel anzuhauchen.

Es war noch nicht ganz dunkel, als der Baum umfiel. Es war ein Krachen zu hören und kurz darauf ein zweites. Das Haus bebte. Der Widerhall ächzte noch lange nach. Der Löffel fiel zu Boden.

Wie in Trance sahen sie einander an. Unmöglich sich zu bewegen. Es passierte etwas Entsetzliches, und sie waren davon betroffen, sie waren todmüde und völlig unwichtig. Was geschah, war zu gewaltig, um eine persönliche Reaktion auch nur zu überlegen.

Es geschah nichts.

Vorsichtig wandte Gerard den Kopf. Die Wände standen noch wie immer. Hinter den Scheiben prasselte der Regen nieder.

Er sah, daß ihr Kinn so komisch und schnell zu zittern anfing. Sie bückte sich und hob den Löffel auf.

Mit rotem Kopf kam sie hoch. Ihre Augen quollen hervor.

»Es ist bei Marinus!«

Auch jetzt war die Tür nicht abgeschlossen. Sie zogen sie auf und blieben auf der Schwelle stehen. Der Baum war durch das Dach hindurch gefallen und schien den ganzen Raum in Beschlag genommen zu haben. Sie standen vor einem Schauspiel, das im Halbdunkel nicht so sehr zu sehen als vielmehr zu riechen war: ein unpassender herbstlicher Geruch, und zu hören: ein unpassend vertrautes Klopfen, wie wenn Regentropfen auf Blätter fallen. Wie so oft, wenn die Klappe erst einmal gefallen ist, hatte sich der Wind scheinheilig gelegt.

Gerard wagte nicht das Licht anzumachen, man konnte nicht wissen, wie es um die elektrischen Leitungen stand.

»Ich hol mal eben die Handlampe.«

Naß bis auf die Haut kam er zurück und rollte die Leitung hinter sich aus. Er leuchtete mit der Lampe nach drinnen.

Lidy schlug die Hand vor den Mund, als der Lichtstrahl das Ausmaß der Katastrophe vor ihren Augen erhellte. Die Decke war geborsten, das Bett zusammengebrochen, ein schwerer Ast hatte den Spülschrank weggeschoben und die armseligen Pfannen auf den Boden geworfen. Seine ganzen Sachen vernichtet ... Und mit Schaudern erkannte sie den Lumpen, der zwischen dem Baum und der Tischplatte der Werkbank eingeklemmt war: seine Jeans voller Ölflecken ...

Plötzlich fiel das grelle Licht auf die Maschine. Sie konnten ihren Augen nicht trauen: tadellos! Wie in einem Ausstellungsraum, in dem man ein etwas zu groß ausgefallenes Gesteck niedergelegt hat, glänzte das blaue Motorrad zwischen den Ästen.

Schließlich hatte auch der Regen aufgehört. Kurze Zeit war es vollkommen still. Dann hörten sie durch die unheimliche Stille die Schritte. Sie kamen von der Straße her und betraten den Kies bei der Villa.

Ruhige, zielstrebige Schritte.

Gerard war es sofort klar. Er straffte sich.

»Der Gerichtsvollzieher!«

Sie starrte ihn mit offenem Mund an.

»Was!«

Dann folgte sie seinem Blick und durchschaute, was er vorhatte. Er schaute auf das Motorrad. Sie preßte die Lippen aufeinander und nickte.

Er hängte die Lampe an einen Nagel und blickte einen Moment suchend umher. Es blieb nur eine Möglichkeit: das dichte Blätterwerk auf der anderen Seite des Baumes. Sie mußten das Motorrad darüber hinwegziehen.

Das Gewicht überraschte sie. Lidy stand mit gespreizten Beinen am Hinterrad und umfaßte mit den Händen den Gepäckträger, und Gerard, in ungeschickter Haltung auf dem Stamm, packte das Lenkrad.

Die näherkommenden Schritte hielten inne. Sie hielten inne, weil sie aufgehalten wurden, weil Lidy und Gerard das verlangten: noch einen Moment, Gerard konnte gerade das Lenkrad fassen, und da kam endlich das Motorrad hoch. Geduld. Noch ein paar Sekunden und du kannst weiterlaufen, Scheißkerl!

In dem Augenblick ertönte die Stimme.

»So, macht ihr es euch gemütlich?«

Sie sahen sich um.

In der Türöffnung stand Marinus. Abgemagert. Mit schütterem Haar. Fast nicht wiederzuerkennen, aber wie immer in dieser Soldatenjacke. Zurück aus dem Krieg.

Sein Blick glitt über den geheimnisvoll beleuchteten Baum, der bis in die äußersten Winkel seines Ateliers hineingewachsen war und einen Geruch verbreitete, so erfreulich und würzig, daß schließlich der andere Geruch von unterdrücktem Blut, von unterdrücktem Leben aus den Hohlräumen seines Kopfes vertrieben wurde; er glitt über seine Plastiken, die wegen seiner indirekten Beschäftigung mit Sonne, mit Wärme, mit Sonne schon eine ganze Weile sicher im Schutze der Wände standen und deshalb bis auf eine, die unansehnlichste, verschont geblieben waren; und über den Mann und die Frau, die mit schuldbewußten Gesichtern seine Maschine wieder auf den Betonfußboden sinken ließen.

Comeback

Vom Flugplatz aus waren wir sogleich in die Weite eingetaucht. Im ganzen Umkreis war keine Stadt auszumachen. Ich saß auf dem Rücksitz, und meine erstaunten Augen glitten über die Landschaft von Äckern und kerzengeraden Gräben. Die Erde schien eben erst umgepflügt und sah fruchtbar, beinahe eßbar aus. Alles war flach. Die Bauernhöfe, die hie und da aufragten, und die Pappelalleen änderten daran nicht viel. Doch als ich nach oben schaute, sah ich die Wolken ziehen in einem leuchtenden Blau, und die hatten nichts Flaches an sich.

Alles war mir vertraut.

Plötzlich fragte mein Onkel Matthieu, der den Wagen fuhr: »Wie geht es deiner Mutter?«

»Gut«, sagte ich zerstreut.

Wir bogen nach rechts ab. Auf den Feldern tauchten eckige Backsteinschuppen auf, deren Giebel Namen wie Faassen, Van Riemsdijk, Passchier trugen. Am Horizont entdeckte ich nun auch die grünlich-weiße Böschung der Dünen.

Bekannt.

»Ist sie immer noch so hübsch?«

Im Spiegel begegnete ich seinen Augen, blau, wie die meines Vaters, nur viel gutmütiger.

»Ich kann dir doch sagen, daß ich noch oft an sie

gedacht hab, ja? Was für eine Anmut, was für eine Eleganz. So eine Frau nimmt man doch nicht mit ans andere Ende der Welt! Man nimmt sie mit in die Oper, ins Kurhaus, nach Paris.«

Was mich beschäftigte, hing zusammen mit dem Blau und der Weite, und das war sonderbar, denn das Land, in dem ich seit Jahrzehnten wohnte, bestand nun gerade aus Weite und einem viel beständigeren Blau.

Elisabeth, meine Tante, fing an, ihre Zigaretten zu suchen. Aus Höflichkeit saß sie ein bißchen schräg auf ihrem Sitz, mir zugewandt. Kurz bevor sie ihr Feuerzeug hochnahm, sah ich ihre Bewegungen voraus: Das Zuspitzen des rot geschminkten Mundes, das Zukneifen der Augen, das seitliche Wegblasen des Rauches.

Sie sah mich freundlich an: »Deine Mutter hatte etwas ganz Besonderes an sich, Sophie.«

»Sie ist das Hobby meines Vaters«, sagte ich.

Matthieu nickte eifrig.

»Das verstehe ich.«

»In ganz Sydney ist kein Rheumapatient zu finden, der besser betreut wird. Er gibt ihr auf die Minute genau ihre Spritzen, ihre Pillen. Von ihrer Diät weicht er kein Gramm ab. Er begleitet sie zu jeder Sprechstunde. Er fordert die beste Behandlung, die es gibt.«

Was ich vor Elisabeths und Matthieus Augen hervorzauberte, mußte herzerweichend sein: das Bild eines älteren, seiner Frau treu ergebenen Ehemannes. Nun, ergeben war er wirklich. Seine Welt drehte sich um zwei Pole: den Whisky und die perfekt behandelte Krankheit meiner Mutter.

An einem Flüßchen entlang fuhren wir in ein Dorf. Die Häuser rechts des Wassers hatten jedes seine eigene gewölbte Brücke. Eine Turmuhr zeigte zehn Uhr an. Morgen in einem holländischen Dorf. Auf einem Pfad längs des Weges radelten Frauen mit kleinen Kindern in ihren Kindersitzen am Lenkrad. Vor einem Schulgebäude standen riesige Teenager und bissen in ihre Butterbrote. Bekannt.

Der Blick auf das Land. Das Dorf. Das Blau und die Weite. Schaute ich auf die Landschaft meiner Jugend? Es kam mir so vor, als würde ich auf etwas verwiesen, das viel tiefer lag als eine persönliche Erinnerung. Das über die Landschaft selbst hinausging … Während wir vor einem gelben Blinklicht hielten, das ungeschickt auf einer kleinen Erhebung angebracht war – der einzige, der die Straße überquerte, war ein lahmer Hund –, begann ich an die Menschen zu denken, die hier zu Hause waren, an die Generationen, die mit ihren Wünschen und ihren Spitzfindigkeiten diese Landschaft erdacht und geformt hatten.

Erinnerungen? Die hatte ich auch. Aber wenn ich sie sehen wollte, mußte ich die Augen schließen.

… Es regnet schon wochenlang. In der Luft hängt ein feiner Nebel, der nicht mehr verschwindet. Über dem Land, über den sorgenvollen Menschen liegt eine feuchte Decke. Wird da gelacht? Wird da gesungen? (Nein, Papa.) Im Haus sind die Fenster geschlossen. Erinnert ihr euch an den Geruch von Mänteln, die immer feucht sind? Dann sind da die Sträßchen, die kleinen Plätze, die stinkenden Kanäle. Was um Himmels willen spielt sich da ab? Es wird dunkel. Im Licht einer Laterne stehen Menschen beisammen. Sie verhandeln. Blickt einer auf, so erscheint sein Gesicht schrecklich jung. Auch die frierenden Mädchen am Hauptbahnhof sind noch jung ...

»Dieses Land ist verfault.«

Mein Vater sagte es leise. Das Luftpostbriefpapier raschelte in seinen Händen. Wir saßen auf der Terrasse und hatten gerade zu Mittag gegessen. Elly und Janny waren froh, daß ich da war; seit ich mit meiner Familie in einen anderen Stadtteil gezogen war, sahen sie mich nicht mehr so oft. Mutter schien abwesend. Sie hatte ein Taschentuch in ihrer Faust.

Er sah hoch.

»Nichts dagegen zu sagen, daß die Rotznasen von Matthieu nun alle ihr eigenes Auto haben, gut, schön für sie, aber das müßt ihr euch mal vorstellen: In diesem kleinen Land fahren acht Millionen Autos. Das Land besteht nur noch aus Autobahnen, aus einem einzigen Stau, und was übrigbleibt, ist Parkplatz!«

Ich sah zu, wie er weiterlas. Sein rotbrauner Nakken ragte empört aus dem offenen Kragen seines Hemdes hervor. Die blonden Augenbrauen zogen sich zu einer tiefen Falte zusammen. Ich wußte, daß er sich aufs äußerste konzentrierte. Die Briefe aus Holland, das war immer eine wichtige Betätigung.

»Sophie!« Seine Augen bohrten sich in die meinen. »Der Junge war doch mit dir in der Schule, Martien Alkemade? (Martien? Nein, Papa, den kenne ich nicht. Ich habe überhaupt keinen Jungen aus dieser Klasse gekannt, der Martien hieß ...) Nun ja, der ist auch wieder geschieden.«

Aha. Das war die Abteilung Dekadenz. Das war

die Loslösung von jeglichem Normbewußtsein einer auf den Kopf gestellten Kultur, worüber wir am Rand eines grünen Rasens sitzend unsere Köpfe schüttelten. Der Brief lag neben ihm. Aus dem Haus drang Kaffeeduft. Elly stellte ihm den Whisky in Reichweite. Sie und Janny kicherten.

»Alkemade«, sagte Elly.

»Vink«, antwortete Janny.

»Witteman. De Groot.«

»Caspers. Heemskerk. Slats.«

Mein Vater schenkte sich ein wohlverdientes Glas ein. Die Aufgabe war vollbracht. Die schlechten Nachrichten waren eindeutig aus dem Brief herausdestilliert worden. Bestätigt war, was wir alle schon lange wußten: Wir sind entkommen, erlöst, wir leben in Wahrheit ...

Da war Sassenheim. Wir fuhren durch das alte Zentrum und auf dem Asphaltweg wieder hinaus. Dann folgten wir dem Weg durch die Felder, vorbei an einer schönen, neuen Trockenscheune für Tulpenzwiebeln, und erreichten das Haus. Das ziegelrote Dach leuchtete im Sonnenlicht.

Ich stand draußen. Es wehte ein bißchen. Ich bemerkte, daß sich die Blätter der Pappeln am Rand des Hofes schon zu verfärben begannen. Oktober. Die Pappeln fangen damit immer zuerst an. Im offenen Tor der Scheune stand eine Lore mit aufeinander gestapelten Körben.

Diesem Geruch begegnet man sonst nirgendwo.

Bei Tisch tranken wir Kaffee. Die alten Leute wußten, daß ich müde war, aber sie wußten auch, daß man immer nach Fotos fragen muß, immer. Ich hatte das Kunststoffbüchlein in meiner Tasche.

»Das ist Rick.«

Als ich das Foto machte, schaute er gerade hoch. Abwehrend, sah ich nun auf einmal. Ein vierzigjähriger Mann mit einem eckigen Gesicht und einem schmalen, irischen Mund. In den Mundwinkeln lagen Schatten, die ich nie verstanden hatte.

»Wie geht es ihm seit dem Unfall?« fragte Matthieu.

»Gut«, sagte ich, »seit einem halben Jahr arbeitet er wieder. Als Hausmeister in einer Schule.«

Das nächste Bild.

»Jessica.«

Jessie, meine Tochter. Ich habe sie überredet zu lachen, aber der Ärger – die Mutter, die den Sucher auf sie richtet – ist monatelang nicht aus ihren Augen gewichen. Zu guter Letzt lebte sie dann zusammen mit dem Mann, ihrem ehemaligen Lehrer, dem fünfzigjährigen Kerl mit zwei fürchterlichen Warzen im Nacken.

Matthieu brummte zustimmend. Jessica ist hübsch. Ich blätterte weiter.

»Jamie.«

Ein Junge auf einem Motorrad vor einem Hintergrund von Sukkulenten. Schön anzusehen.

»Wie alt ist er?«

»Sechzehn.«

Als Baby lachte er nicht viel. Erst als er drei war, fing er an mich anzusehen, es war ein enormer Schock: Mit ruhiger Verwunderung guckte er mich an. Danach ging es immer besser. Es gibt Schulen für solche Kinder. Nun ist er sechzehn, und das wird er auch bleiben.

Elisabeth und Matthieu lachten mich an und bewunderten meine Familie, aber ich fühlte eine ungewohnte Art von Müdigkeit, vielleicht gar den Beginn einer Panik. Ich schlug das Büchlein zu, drückte es mit der flachen Hand fest zu, so wie man eine Tür zudrückt, die nicht gut schließt.

Kurz danach war ich allein. Mein Zimmer war eingerichtet wie ein Hotelzimmer, praktisch und unpersönlich. Ich war dankbar dafür. »Du bist müder, als du denkst, Sophie«, hatte Elisabeth gesagt. »Nimm eine Dusche und geh ein paar Stunden schlafen.« Ja, das werde ich tun. Schlafen.

Ich trocknete mich vor dem Spiegel ab. Nichts sollte mir vertrauter sein als meine Brüste mit den kleinen Brustwarzen und den kleinen braunen Warzenhöfen; dann der Bauch, die Hüften, der Mund: voll, wirklich nicht so schlimm, aber ein bißchen zittrig. Und schon stand ich da und heulte.

Irgend etwas ist mit mir los: Wie oft hatte ich das schon gedacht?

Solange ich mich erinnerte. Rick kannte diese Anfälle. Dann überredete er mich dazu, mit ihm aus der Stadt hinauszufahren. Am Meer liefen wir dicht am heranflutenden Wasser entlang. Unter einem strohgedeckten Vordach tranken wir dunklen englischen Tee. Wir schwiegen. Er hatte schon lange aufgehört zu fragen: »Sophie, warum bist du so traurig?«

Ja, warum?

Ich lief zum Fenster. Die Wolkengebilde waren schon wieder ganz anders als ein paar Stunden zuvor. Ich betrachtete aufmerksam den Zug schneeweißer Fabeltiere. Natürlich hatte ich es immer gewußt. Das

Land im Regen, im Nebel ... die Zukunft unserer Kinder. ... Wenn dein Leben eingezwängt ist zwischen zwei Lügen – deiner Herkunft und deiner Zukunft – dann kannst du doch nicht anders als traurig sein? Wenn du im Kombiwagen die Kinder von der Schule abholst, wenn du an lauen Sommerabenden siehst, wie dein Mann die glühende Holzkohle ausbreitet, wenn du dich vor dem Spiegel bemühst, dein Haar schnurgerade abzuschneiden, wenn du bei allem stets gewußt hast, daß man dir listig einen beschämenden Auftrag in die Schuhe geschoben hat, dann hast du manchmal üble Laune.

Ist es möglich, so »wahrhaftig« zu leben, daß auch die Lüge, die am Anfang steht, Gültigkeit erlangt?

An einem nebligen Novembermorgen hatte sie begonnen, die Zukunft unserer Kinder.

2

Neben mir stand ein Mann und weinte laut. Ich betrachtete ihn neugierig. Rotz und Tränen liefen über sein Gesicht. Ansonsten sah er kräftig und stark genug aus, mit roten Fäusten, die sich um die Reeling spannten. An einem Zeigefinger trug er einen Ring mit einem flachen, braunen Stein.

Aber dieser Mann war eine Ausnahme. Die meisten Passagiere starrten entschlossen vor sich hin, wie es sich für Bekehrte gehört. Die Weinenden standen auf der anderen Seite, am Kai. Das kleine Häuflein sah im Nebel grau und erbärmlich aus: die Zurückgebliebenen, die Verschmähten.

Unter meinen Füßen begann es leicht zu beben. Es kam Bewegung in das Schiff. Sirenen übertönten plötzlich das Winken und Rufen. Es war die Art von Tönen, die sich vibrierend in der Brust fortpflanzen und einem den Atem nehmen. Nun konnte man nichts mehr ändern. Höhere Mächte lenkten das Leben.

Von dem Heulpeter wanderte mein Blick auf den ernsten, korrekten Rücken meines Vaters. Er trug Elly auf dem Arm. Neben ihm stand meine Mutter. Ihr Gesicht war totenblaß. Mit schnellen Bewegungen streichelte sie das Haar von Janny, die sich gegen ihr Bein lehnte. Sie schenkte mir ein verschwommenes Lächeln, das ich nicht erwiderte.

Auch zu Kees, meinem Bruder, sagte ich nichts, als er mich anstieß und rief: »Guck mal!« Auf einem der Piere stand eine winzige Figur und winkte wie verrückt mit beiden Armen: mein Onkel Matthieu.

Mein Blick war vollkommen gleichgültig. Nun gut, zu diesen Leuten gehöre ich von nun an. Und weiter? Nichts weiter. Wie schön. Der schluchzende Mann ist ein Wichtigtuer. Das sieht man doch nicht so oft, einen erwachsenen Kerl, der so heult. Ich bin sechzehn Jahre und knallhart. Ich habe keine Erinnerungen. Genau heute habe ich endgültig abgerechnet.

Es hatte ganz langsam angefangen. Unsere Möbel wurden aus dem Haus geschafft. Spähende Augen wählten die Stücke aus: die Lehnstühle, den Tisch, die Stehlampe mit dem blaßrosa Schirm und auch den Dielenspiegel, der in Wirklichkeit das Porträt meiner Mutter war, wie sie, schlank in ihrem grauen Kostüm, den Schleier von ihrem Hut ordnete. Mein Vater war unermüdlich. Ich hatte nie gewußt, daß er solche Fähigkeiten besaß: »Jawohl, für 50 Gulden mehr bekommen Sie den Teppich dazu.« Ich beobachtete seine weit ausladenden Verkäufergesten und wußte, daß der Moment gekommen war, wo ich abrechnen mußte mit meiner tiefen, kalten Gewißheit: Dieser Mann ist nicht mein Vater, ich gehöre nicht in diese Familie.

Danach kam der wirkliche Abschied. Das schmerzliche Ritual, so Gott will, für immer Lebewohl zu sagen. Sollst du lachen? Sollst du heulen? Es stirbt doch niemand? Nein, wir leben weiter in einem anderen Dasein. Wir ziehen weg. Nicht, weil es nicht schön war mit der Familie, nicht, weil ich die Lehrerin mit ihrem stromlinienförmigen Seehundsgesicht oder den verlegenen, servil grinsenden Schuhmacher, den Pfennigmann nicht mochte, sondern weil ... und eines Tages sagte mein Bruder Kees bei Tisch: »Freek möchte gern das Kaninchen haben.«

Ich sah auf meine blasse Hand auf dem blassen Tischtuch und sagte: »Gut.«

Das riesige Tier wog schwer in meinen Armen. Ich legte es in einen Kasten mit Stroh. Während es seine Ohren anlegte, um sie von mir streicheln zu lassen, guckte es mich noch einmal an mit diesen ruhigen Augen voll von geheimnisvollem Wissen.

Und schließlich gab es noch Martien. Ein großer Junge, zwei Klassen höher. Er spielte Klarinette in einer Jazzband, wollte in einem Jahr Medizin studieren und war wahnsinnig beliebt. Meine Freundinnen erfanden alles mögliche über ihn. Sie erzählten mir erstaunlich pikante Details über das, was sie tun würden, »wenn«, hörten aber damit auf, als sich herausstellte, daß er in mich verliebt war. Ich war geschmeichelt, ging ein paarmal mit ihm auf ein Schulfest, aber seltsamerweise konnte er seine Leidenschaft nicht auf mich übertragen. Ich fand ihn einfach nur »nett«.

Zwei Tage vor unserer Abreise kam ich zu dem Entschluß, daß ich nicht mit wollte. Ich stand in meinem Zimmer und griff mir an die Kehle. Blinde Verzweiflung überfiel mich. Ich wußte, daß es zu spät war. Meine Kleider waren weggegeben oder eingepackt, mein Zimmer war ausgeräumt bis auf die Bettcouch. Einen halben Nachmittag lag ich zusammengerollt da und heulte. Danach stand ich auf, wusch mein Gesicht, das trotzdem rot und verquollen aussah. Aus der Scheune holte ich das unverkäufliche Fahrrad von Kees. Ich fuhr durch die Stadt. Meine Verzweiflung war nicht verschwunden, aber ich hatte begriffen, daß es sinnlos war, sie auszudrücken.

Da sah ich Martien.

»He, hallo!«

Ich hatte plötzlich gebremst und blieb wie ein Esel mit steif ausgestreckten Beinen zu beiden Seiten der Stange stehen.

Er begrüßte mich erfreut und fragte, ob ich fertig sei mit Packen.

»Ich will mit dir ins Bett«, sagte ich.

Meine Worte gefielen mir. Sie klangen phantastisch: wohlüberlegt und ganz normal. Es fiel mir auf, daß seine Augen nicht braun waren, sondern dunkelgrün mit einem goldenen Rand um die Pupille. Wie bei Glühbirnen.

Erst wurde er rot. Ich sah, daß er schneller atmete.

»Laß uns etwas trinken gehen«, sagte er.

»Gut.«

Ich schwenkte mein Bein über den Sattel, und er stellte mein Fahrrad gegen die Fassade von Heck's.

Auf dem Podium spielte eine Band. Hammondorgel, Trompete, Geige. Die Musiker trugen leuchtend rote Blusen. Ich dachte, daß sie ›Remind me‹ spielten, aber Martien sagte, daß es ›Out of this world‹ sei. Es war noch nicht viel Publikum da. Wir setzten uns in eine Seitennische auf rote Samtbänke.

»Was willst du trinken?« fragte er. »Kaffee?«

»Nee, gib mir mal eine Cola mit Rum.«

Danach entwarfen wir unseren Plan. Er sollte nachts um zwölf Uhr kommen. Bei uns in der Straße schliefen dann alle. Über den Balkon sollte er in mein Zimmer klettern. Es war ganz einfach. Ich hatte es selbst schon viele Male getan.

Vor der Drehtür verabschiedeten wir uns. Er legte seine Hand auf meinen Rücken und drückte mich gegen sich. Während wir uns wie Verliebte küßten, wurden wir von einem mürrischen Mann mit Hund fast umgerannt.

»Bis bald«, sagte Martien.

Abends regnete es. Ich stand am Fenster und schaute auf die glitzernden Pfützen auf der Straße. Unter einer Laterne glänzten ölige Farben.

Mein Zimmer hinter mir war eine Klosterzelle. Mit einem kahlen Fußboden, einem vergessenen Kruzifix über der Tür und dem von meiner Mutter stets ordentlich gemachten Bett. Ich wartete geduldig. Was ich beschlossen hatte, war perfekt. Nach dieser Nacht würde ich nicht mehr dieselbe sein. Sie konnten mich ans andere Ende der Welt mitnehmen, ich würde nie mehr zu ihnen gehören. Wenn sie mich ansahen, mit mir sprachen, würden sie nicht wissen, wen sie in Wirklichkeit vor sich hatten. Und das beste wäre, wenn ich schwanger würde ...

Ich zog eine Nadel aus meinem Haar und kerbte ein Herz mit einem Pfeil tief in das weiche Holz des Fensterrahmens ein und dann noch unsere Initialen: m....s.... Zuerst gehen wir zusammen ins Bett, dachte ich, und danach muß er mit seinem Kopf auf meiner Brust einschlafen. Ich will über nichts reden.

Nach und nach gingen die Lichter in unserer Straße aus. Nur die Laterne auf der anderen Straßenseite blieb an und warf einen mattgelben Lichtschein nach unten.

Da sah ich ihn aus der dunklen Seitenstraße auftauchen. Er trug seinen dunkelblauen Dufflecoat. Eilig hatte er es gewiß nicht. Es war etwas Eigenartiges an seinem Gang. Er lief vornübergebeugt, ein bißchen schwerfällig. Bei dem Secondhand-Buchladen gegenüber unserem Haus blieb er stehen und sah in meine Richtung. Komm, dachte ich, und drückte meine Nase gegen die Scheibe, starr mich nicht so herzzerreißend an! Plötzlich krümmte er sich zusammen und lief weg. An der Ecke, unter dem Lampenlicht, dreht er sich halb um und machte eine schnelle Bewegung: Er ballte seine Faust.

Wir fuhren den Neuen Wasserweg hinunter. Es standen erst wenige Menschen an Deck, die meisten hatten begonnen, die Lounges und die Kabinen zu erkunden. Wer dageblieben war, starrte still auf die Schiffe, die links und rechts an uns vorüberfuhren, die beleuchtet waren wie Christbäume und mit ihren Nebelhörnern warnten. Außer den Kränen und Schuppen neben den Kais war vom Ufer kaum etwas zu sehen.

Es war vollkommen windstill. Bei Hoek van Holland wurde der Nebel noch dichter. Unzählige Licht- und Tonsignale wiesen uns den Weg aufs Meer.

Aber die Küste sah ich nicht verschwinden. Mein Heimatland tauchte im Nebel unter, als ob es niemals existiert hätte.

3

Elisabeth sagte: »Das ist die Annabella. 1938 preisgekrönt. Matthieu wollte ein ungewöhnlich schlankes Exemplar züchten. Aber wie du siehst, ist sie doch wieder ganz kräftig ausgefallen.«

Dann sahen wir uns das eingerahmte Foto auf dem Bücherschrank in Matthieus Arbeitszimmer an. Es war eine Vergrößerung, ursprünglich schwarzweiß, die später koloriert worden war. Die dick aufgetragenen Farben glänzten wie Email.

Abgebildet war ein junges Mädchen mit ovalem Gesicht und schmaler Nase. Ihrem Mund hatte man dieselbe Farbe gegeben wie dem Tulpenstrauß, den sie gegen ihre Brust drückte. Blaßrot. Ich betrachtete ein Jugendbild von Anna, meiner Mutter.

Das Zimmer wurde in Sonnenlicht gebadet. Staubteilchen funkelten zwischen den Ordnern, den Prospekten und den aufgespießten Rechnungen. Elisabeth lief zum Fenster und griff nach der Kordel der Jalousie.

Sie sah nach draußen und winkte. Ich stellte mich neben sie und winkte auch.

Matthieu war mit seinem Sohn aus der Trockenscheune für Tulpenzwiebeln gekommen. Sie liefen über den Weg und grinsten nach oben. Es war auffallend, wie ähnlich sich die beiden sahen. Dieselbe unbekümmerte Leibesfülle, dieselben glatten, fast zarten rosa Wangen. Auch im Alter schienen sie sich nicht sehr zu unterscheiden. Und doch mußte Matthieu so an die siebzig sein, und Harmen war so alt wie ich, achtunddreißig. Elisabeth und ich sahen, wie die beiden Männer die Fahrräder nahmen und ganz gemächlich, die Holzschuhe auswärts gestellt, zwischen den Feldern davonfuhren.

Jeden Morgen arbeitete Matthieu noch mit im Betrieb, den sein Sohn schon lange übernommen hatte. Niemals stand er später als um sechs Uhr auf. Bevor er gegen acht das Haus verließ, brachte er Elisabeth und auch mir Kaffee ans Bett. Er schob die Gardine ein wenig zur Seite, rieb sich die Hände und sagte in beinahe ungehörig vergnügtem Ton: »Schau doch mal, was für ein Tag!« Ich reckte mich in meinem weißen Pyjama und sah über seinem Kopf ein Stück verschossenes Grau, eine dahinziehende violette Wolke oder ein dunstiges tintenblaues Gebirge.

»Er war ganz hingerissen von ihr«, sagte Elisabeth, während sie die Jalousie heruntersausen ließ. »Aber sie gab seinem Bruder, dem Offizier, den Vorzug. Die Wahl fiel auf deinen Vater.«

Wieder betrachtete ich das reizende Bild. Mädchen mit Blumen. Trotz des Lächelns sahen ihre Augen ernst aus. Und das stimmte. Wenn man so jung war und so zarte Wangen hatte, wenn es da zwei Männer gab, zwei Brüder, die einen liebten, dann war man glücklich.

Und Glück, das war meiner Meinung nach eine ernste Sache.

»Es ist die beste Art, die Bevölkerung kennenzulernen.«

Sie stand in der Tür und nickte. Seit wir hier waren, war sie schweigsamer denn je. Sie war auch sehr mager. Sie trug einen Glockenrock, der ein bißchen schief saß, und eine grüne Bluse mit Schößchen. Keine hübschen Sachen. Trotzdem fand ich nicht, daß sie wie ein Dienstmädchen aussah.

»Und denk auch mal an die Sprache.«

Da hatte er recht. Die Sprache galt hier als die größte Schwierigkeit bei der Arbeitssuche. Trotzdem hatte er es mit seinem überkorrekten Offiziersenglisch noch nicht weiter gebracht als zum Kartoffelträger.

Hemdsärmelig saß er am Tisch und rauchte. Rot. Unerschütterlich. Des Weges sicher, den wir zu gehen hatten. Ich hatte das Gefühl, als ob er das Zimmer bis auf den letzten Zentimeter in Beschlag nähme. Die Kabinenkoffer und die dürftigen Möbel konnte man vergessen. Wünschte ich, er wäre tot? Natürlich nicht. Jeder Wunsch war Luxus. Auch dieser. Vorläufig hielt ich es nur nicht aus in dieser von einer wahnsinnigen Sonne durchfluteten Baracke.

Ich ging an meiner Mutter vorbei nach draußen.

Das Einwandererlager Bathurst in der größten Hitze des Tages.

Eine stundenlange, entmutigende Zugreise von Sydney entfernt, der Stadt, auf die es hier jeder abgesehen hatte. Das hatten die Behörden nun mal so geregelt. Ärgerlich, aber wer konnte etwas dagegen einwenden?

Wie betäubt lief ich am Zaun und der überreichlich aufgehängten Wäsche entlang. Überall hörte ich Niederländisch. Ich roch den Geruch von Eintopf und geteertem Holz. Und sonderbarerweise, so wie das auch in Träumen ist, war das alles er: mein Vater. Wie kann sie nur? Wie kann sie nur? ging es mir durch den Kopf, und ich meinte damit nicht die Stelle.

Als ich zurückkam, war der Tee fertig. Mein Vater schenkte ein. Es war klar, daß die Sache entschieden war. Sie sollte als erste das wichtigste Dogma unseres neuen Glaubens bekennen; man muß ein festes Einkommen haben. Dienstmädchen für Tag und Nacht.

Er brachte sie am nächsten Morgen nach Sydney, und als er am Abend spät nach Hause kam, wollte er nicht viel erzählen. Er sagte lediglich: »Es sind ganz nette Leute.«

Mittags wollte ich Familienfotos ansehen. Elisabeth verstand mich und brachte mir nur die alten Alben. Ich blätterte sie schnell durch. Ich war auf der Suche. »Er war ganz hingerissen von ihr.« Diesen Morgen war mir ein alter Gedanke wieder durch den Kopf gegangen. Tatsächlich fand ich ein Bild von Matthieu und meiner Mutter, Arm in Arm. Beide trugen Volendamer Trachten und lachten dümmlich. Auf der nächsten Seite grinsten Elisabeth und mein Vater mich an. Auch in albernen Sachen. »Kirmes in Sassem. 1939« stand dabei. Zu guter Letzt stieß ich auf ein Foto von meinem Vater. Es war eine Atelieraufnahme, die wahrscheinlich kurz nach dem Krieg gemacht worden war. Seine

Wangen waren hohl, der Mund ernst. Aufmerksame Augen. Er trug ein Kind auf dem Arm, ein Mädchen von etwa drei Jahren, das aus vollem Halse lachte (vermutlich, weil die Spielzeugkuh, die es in Händen hielt, beim Blitzen muh! gesagt hatte).

Aber mein Vater und ich schauten nicht ins Objektiv. Wir schauten auf einen Punkt, der höher, weiter weg und unendlich viel spannender war als die Anstrengungen eines Fremden unter einem schwarzen Tuch.

4

Bald nahm ich den Platz meiner Mutter ein, und nun begann für mich ein Leben, das der Frau eines Zahnarztes, ihren vier Kindern und Mr. Hill selbst gewidmet war. Es war ein Leben von großer Regelmäßigkeit. Im Morgengrauen lief ich durch die Außenbezirke von Sydney, um sieben Uhr begann mein Dienst. Ich lernte Brei kochen und Kinder versorgen, ich sammelte Erfahrung im Lüften und Ausklopfen von Dekken, im Herunterlassen von Markisen, im Aufräumen von Spielzeug; ich erlernte den Umgang mit einem Elektroherd, einem Grill, einem Spezialbackofen für Kuchen und Torten, worauf dann bald die Gerichte selbst folgten: Lachs mit Zitronensoße, gefüllte Lammkeule, leckere, schnell zubereitete Bananentorte. Abends um acht Uhr, wenn der Abwasch getan war, ging ich nach Hause.

Nach Hause. Ja, sicher. Ein Fertighaus aus Holz in einem Industriebezirk außerhalb von Sydney. Keine

Elektrizität, wohl aber ein Waschbecken. Mein Vater und Kees hatten das Haus innerhalb von drei Monaten erstellt. Abends saßen wir auf der Veranda, die Teekanne auf einem Spirituskocher. Wir hörten unserem Vater zu, der, wenn er nicht zu müde war – er hatte Arbeit in einer Autowerkstatt gefunden – über die Zukunft sprach.

Die Zukunft? War dies nicht die Zukunft? Fühlten wir denn keinen festen Boden unter den Füßen mit den Lichtern der Stadt so in der Nähe? Mal sehen: Kees geht zur High School, wie es sich für einen Vierzehnjährigen gehört. Elly und Janny spielen in der Sonne und werden abends von ihrer Mutter so herzlich gedrückt, und sie, Anna, kämmt sich die Haare und riecht nach Seife, wenn sie raus kommt, und es wäre doch zu weit hergeholt zu vermuten, daß sich das Heimweh schon in ihrem Blut eingenistet hat und daß alles, was sie anfaßt, langsam zusammenschrumpft, sich verfärbt, verdirbt ... Dann, was mich selbst betrifft ...

Die Tage vergingen. Sie gingen sehr schnell, und ich war die letzte, die sie hätte aufhalten wollen. Was in Gang gebracht war, meine Zukunft, wurde mir in eiligem Tempo zu Füßen gelegt. Bitte sehr: ein Jahr. Ein abgenagter, aber noch sehr begehrenswerter Knochen. Und wieder, bevor ich es begriff: »Prost Neujahr!« Wir stießen mit unseren Gläsern an und schauten auf die Uhr. Draußen blieb alles still.

An einem Dienstag merkte die Frau des Zahnarztes, daß ihre Anweisungen nicht befolgt wurden. Die grelle Sonne vernichtete die Pflanzen. Als sie nach dem Einkaufen nach Hause kam, wurde die Haustür von einer schläfrigen Einwanderin geöffnet, die auf bloßen Füßen aus dem Garten kam. Im Backofen stand abends ein merkwürdiges Gericht mit Bohnen und Wurst.

Donnerstag abend fragte mich mein Vater, warum ich nicht zur Arbeit gegangen war.

Ich zuckte mit den Schultern.

»Gefällt dir die Arbeit nicht mehr?«

»O ja, doch.«

»Sie bezahlen dich jedenfalls anständig.«

Stille.

»Wir leben doch gut?«

Seine Stimme klang ängstlich. Falsch.

Als er mit den Aufopferungen, der Befriedigung, dem stets näher rückenden Erfolg anfing, brach ich in Schluchzen aus. Oh, ich mochte ihn nicht. Ich hatte ihn so entsetzlich durchschaut. Seine Bekehrung war einfach gewesen, ein erhabener Augenblick der Einsicht. Aber die Heldenhaftigkeit, die danach gefordert war: schleppend, viel zu lang, lebenslang ...

Er arbeitete inzwischen in einer Polyesterfabrik. »Inspektor« nannte er sich in seinen Briefen nach Holland. Er hatte aufgehört zu rauchen. Noch immer verbot er sich selbst und mir, den Bus zu nehmen. Aber es gab Strom im Haus, sogar Telefon. Die Medikamente meiner Mutter wurden bezahlt.

Er hielt den Mund. Ein wenig später wurde verstohlen etwas neben meinem Ellenbogen hingestellt. Eine wohlverdiente Tasse Tee. Ich durfte eine Woche lang zu Hause bleiben.

Danach ging es eine Zeitlang ganz gut. Ach, so schwierig war es doch auch nicht! Aufstehen. Laufen. Der

Weg mit den chinesischen Rosen. Die Kinder. Die Kleider von den Kindern. Das Sortiment von Tennis- und Softballschuhen. Das Sortiment von Tennis-, Polo- und Softballhemden. Alles vollständig. Nie gewußt, daß so viele Sachen so vollständig sein konnten und mußten. Haarschleifen, Socken, Handschuhe, Masken mit Gitter, reizende kleine Schläger in Spannern. Das Mittagessen auf der Terrasse. Fließend Englisch sprechen. Das Mittagessen auf der Terrasse: Mr. Hill, der nun immer einen jungen Assistenten mitbrachte. Zwei ruhige, konvexe Linsen, die meinen Bewegungen folgten. Verschiedene Gegenstände, die herunterfielen (darunter ein cremefarbenes, unersetzliches Zuckerdöschen). Die Sonne, manchmal der Regen, aber immer der Mittagsschlaf. Sophie! Aufschauen, lächeln. Sophie! Kommen, lächeln. Sophie! Sophie! Sophie ... Der Weg mit den chinesischen Rosen. Laufen. Die Veranda. Das Bett.

»Darf ich am nächsten Sonntag meinen Freund mitbringen?« Ich hatte keinen günstigen Zeitpunkt gewählt. Meine Mutter lag auf dem Sofa mit einem feuchten Tuch auf der Stirn. Mein Vater saß neben ihr und starrte mit hochgezogenen Augenbrauen auf das Glas, das er in seinen Händen schwenkte. Der Whisky hatte einen zunächst vorsichtigen Einzug in unser Haus gehalten. Sie waren an diesem Mittag bei holländischen Bekannten zu Besuch gewesen. Ich vermutete, daß da eine typische Emigrantendiskussion aufgekommen war über die harte Mentalität dieses Landes, über die Macht der Gewerkschaften, darüber, ob man die niederländische Staatsbürgerschaft aufgeben sollte oder nicht. Nach seinem roten Hals zu urteilen, hatte sich mein Vater tüchtig aufgeregt.

Sein Blutdruck ließ mich allerdings gleichgültig. Ich war ganz selbstsicher. Ganz ruhig. Am Abend zuvor war ich entjungfert worden.

Er schoß hoch.

»Was?«

Er feuerte eine Anzahl Fragen auf mich ab, unter denen eine hoffnungsvolle war: ob es um den Assistenten von Mr. Hill ging.

»Nein«, antwortete ich, »Rick arbeitet in einer Bäckerei.«

Ich legte los über seine Pläne, sich selbständig zu machen. Er hatte schon etwas im Auge, und ... aber mein Vater wollte andere Dinge wissen.

»Wo hast du ihn getroffen?«

»Ach, einfach so, auf der Straße.«

Nun schob sie ihre Kompresse von der Stirn. Sie sah mich mit leeren Augen an. »Auf der Straße«, wiederholte sie erstaunt.

In der Tat. Ganz banal.

Rick erzählte mir später, wie es sich abgespielt hatte.

»Erinnerst du dich an den Tag, an dem wir uns begegneten?« fragte er. (Ach ja. Natürlich.)

»Ich war früh zur Arbeit gegangen, und ich hielt nach dir Ausschau. Ich wußte, daß ich dir begegnen würde.«

»Das kommt daher, daß du ein Ire bist.«

»Also, ich sah dich kommen und dachte sofort: was für ein nettes Mädchen.«

»Oh?«

»Aber jetzt, im nachhinein, weiß ich erst, was mich

berührte. Du liefst so wie ein Junge, den ich früher mal gekannt habe, der auf einem Schulfest plötzlich nach vorn gebeten wurde, um einen Zaubertrick vorzuführen. Du hattest etwas von Konzentration, von Widerwillen in deinen Schultern ...«

Er lief neben mir her und sagte einfach, daß es seiner Meinung nach besser wäre, wenn wir heute nicht arbeiten gingen. Beide nicht. Es lag nämlich etwas in der Luft. Er hielt mich an, sah mir ruhig in die Augen und sagte: »Das mußt du doch auch fühlen.« Allerdings, ich fühlte es auch. Der laue Morgen war wie ein Teller Himbeeren, wie ein seidener Pyjama, wie die Oberfläche von jungem Käse. Ich hatte noch nie so dunkelblaue Augen gesehen. Mein Vater sah mich voll Abscheu an.

»Was hast du gestern abend angestellt?« Er hatte inzwischen begriffen, daß meine seit kurzem so beliebten Abendspaziergänge Zeit, Ort und Handlung gehabt hatten.

Ach, was ist schon über diese Dinge zu sagen? Er war lieb gewesen. Aber ich weiß nicht warum: Ich hatte lieb niemals mit Liebe verbunden. Wir hatten am Strand gelegen; neben einem verlassenen Pavillon war eine flache Mulde, ganz gut geeignet. Wir zogen nur ein paar Kleidungsstücke aus, einen Gürtel, Schuhe, einen Slip. Der Sand an meinen Beinen war weich und vertraut. Sehr einfühlsam überwand er meine Scheu. Und ich wollte gern. Ich wollte gern, das war nicht das Problem. Als dann alles ohne nennenswerte Gewalt verlief, fand ich, daß es eigentlich ein schönes Gefühl war, so ganz ausgefüllt zu sein. Es war sein Gesicht, dicht über mir, das mich beklemmte. Seine weit geöffneten Augen bohrten sich so sprachlos und lange in meine, und sie glänzten so eigentümlich, fast wie die eines Tieres, so daß es so schien, als passierte etwas ganz Trauriges.

Aber was er hinterher sagte, war ganz in Ordnung. Wir rauchten eine Zigarette und starrten aufs Meer. Ich hatte meine Arme um die Knie geschlungen und muß wohl eingestellt gewesen sein auf die Frequenz des Wellengedröhns, auf den kühlen Sand, auf das gleichschenklige Dreieck eines Vogelflugs, denn ich hatte das Gefühl, als ob ich wüßte, warum alles so war, wie es war.

»Du bist die schönste Frau der Welt.«

»Wir haben miteinander geredet«, sagte ich.

Ein lauter Schlag ertönte. Ich schreckte auf. Er hatte mit seiner Hand auf den Tisch geschlagen und griff nun, im letzten Moment, nach dem Glas am Rande des Tisches.

»Er kommt hier nicht zur Tür rein!«

Aber es klang müde. Ohne Überzeugung. Er drehte sich um. Sein Arm an der hochgezogenen Schulter irrte über den Tisch und fand die klebrige Flasche. Ganz gewissenhaft goß er einen Schluck ins Glas. Es war die Medizin für meine Mutter.

Sechs Wochen später war ich schwanger.

5

Warum war ich in die Niederlande gekommen?

Über eine Brücke sausten wir aus dem Flevopolder raus. Rechts Amsterdam. Links Amersfort. Danach ging es etwas langsamer. Es war Stau. Hinter durchsichtigen Schallschutzwänden zeichnete sich der Hochhaushorizont vom Bijlmer ab. Es schien wie ein Spiegelbild aus vergangenen Zeiten.

Joos, meine Nichte, saß groß und blond hinter dem Lenkrad ihres flotten Wagens. Sie liebte das Tempo. »Ich würde gern etwas vollkommen Unbekanntes sehen«, hatte ich am Telefon zu ihr gesagt. Sie schien erfreut, daß ich nicht darauf aus war, einen Abend lang zu erzählen.

Auf dem Hinweg hatten wir Informationen ausgetauscht. Ich hörte, daß sie geschieden war, daß sie beim Raumfahrt-Laboratorium Estec arbeitete, daß sie drei Kinder hatte. Die beiden Töchter studierten in Leiden und bereisten in ihren Ferien die halbe Welt. Der 15jährige Sohn wohnte bei ihr und war schwierig.

»Denkst du nicht auch«, sagte sie, »daß die Pubertät nicht das Problem des Kindes ist, sondern insgeheim das der Mutter? Sie schämt sich, eine Bärin zu sein, die ihr Junges satt hat und es liebend gern in den Wald jagen würde.«

Sie hatte mich zu dem Flevopolder mitgenommen.

»Nagelneu«, sagte sie, während wir durch das Schilf stapften. Sie erzählte mir, daß es hier Rehe und ganz seltene Vögel geben soll. Ich ließ meinen Blick über die blonde Fläche schweifen. Das Blau. Die Wolken. Die von der Sonne beschienene Frau, die sich hinsetzte und eine Tasche auszupacken begann. Zwei Mädchen, die draußen spielen, Brot dabei. Alles war mir bis ins kleinste Detail vertraut.

Genauso vertraut wie die Zimmer, in denen ich in den vergangenen vierzehn Tagen gewesen war. Die Familien meiner Neffen und Nichten lebten ihr kompliziertes tägliches Leben genau wie ich meins. Und die Onkel und Tanten hatten ihre Leiden und Launen wie alle alten Menschen. Hier hatte keine Katastrophe stattgefunden.

Natürlich nicht. Zwanzig Jahre waren in etwa verstrichen. In Friedenszeiten ist das zu kurz, um eine Kultur umzukrempeln. Und das hätte ich wissen können. Es waren schließlich Briefe gekommen. Die Gewandtheit meines Vaters, zwischen den Zeilen zu lesen, hatte ich mir nie zu eigen gemacht. Ich war übrigens nicht in die Niederlande gekommen, um den alten Dickkopf ins Unrecht zu setzen. Aber warum mußte er mir hier dauernd vor die Füße laufen? Wir fuhren nach Noordwijk. Die Straßenbahn war verschwunden. Die Straße verbreitert. Anstelle von Bäumen standen Laternenpfähle da.

Joos redete wieder.

»Ich sagte zu ihm: Sie sehen wie ein Schwein aus. Ich bekam eine gewaltige Ohrfeige, von wem weiß ich nicht mehr, aber dein Vater brüllte vor Lachen. Er nahm mich und schmiß mich ins Meer.«

Sie parkte flink, und wir stiegen aus. Wir schlugen die Türen zu. Alles, was sie tat, war außerordentlich energisch, und ich paßte mich an. Während wir die Treppe zu ihrer Wohnung hinaufstürmten, sagte sie: »Und ich meinte es auch als Kompliment. Er hatte das Großzügige, das Verspielte von dem Schweinchen aus Tielse Flipje an sich.«

Ihr Wohnzimmer hatte große Fenster.

Zuerst sah man auf eine Weide mit Kühen und einem Esel, dahinter, schräg ansteigend, einen Weg, an dem eine Polizeistation, ein Haus und ein Café lagen, und schließlich war oben auf der Düne der Wasserturm. Weiter konnte man nicht sehen. Das Meer war verborgen.

»Schau mal.«

Ich folgte ihrer ausgestreckten Hand.

In der Ferne lag wie eine Insel zwischen den Tulpenfeldern ein einziges Sträßchen. Da stand ihr Elternhaus. Noch immer. Es prickelte etwas in meinen Fingern. Ich wußte, wie es da roch. Ich kannte die verschiedenen Weißtöne der Wäsche in den Hintergärten. Wir hatten oft da gewohnt. Die große Familie war im Bett einfach ein bißchen zusammengerückt, hatte ein paar Klappstühle mehr um den Tisch gestellt, und unsere Strandferien begannen.

Die Sonne schien prall auf die Dächer. Ich holte tief Luft. Wieder hatte sich nichts verändert. Ich war wie ein Archäologe, der plötzlich merkt, daß sie in Pompeji nichts wissen von unserer pathetischen Sicht auf ihre Geschichte. Sie haben einfach weiter getanzt und gespielt. Die Katastrophe ist nicht passiert. Mein Blick glitt zurück zum Wasserturm auf den Dünen. Jetzt konnte ich doch ein ganzes Stück weiter sehen. Ich sah einen lärmenden Mann in einer braunen Badehose. Er stand in den kühlen schäumenden Wellen und warf ein mageres Mädchen ins Wasser, das schrie voller Angst und voll Vergnügen. »Ich auch! Ich auch!« rief ich. Er sah sich um, lachte und schnappte mich. Dann warf er auch mich ins Wasser.

Bruno, der älteste Bruder meines Vaters, war achtzig Jahre geworden. Er wohnte in Oegstgeest. Die große

Villa war an diesem Sonntag die beste Kneipe in der Gegend. Das halbe Dorf war da. Die ganze Familie war da.

Durch die Gänge und Zimmer schlendernd, sah ich überall bekannte Gesichter. Ständig tauchten junge Männer auf mit Tabletts voller Gläser, und ich sah immer mehr.

Spiegel und Palmen. Eine Diele mit Marmorfliesen. Polierte Möbel. Der Mittagsempfang war wie ein dikker altmodischer Familienroman. Die Kapitel wurden nicht nacheinander geschrieben, sondern alle gleichzeitig. Im Rhythmus der Dialoge herrschten die Tragödien vor, denn Feste machen die Welt weit, transparent sogar, und sind daher eine gute Gelegenheit für echtes, tiefes Mitfühlen.

Ich hörte Barbara, der jüngsten Tochter von Bruno, zu. Meine Augen brannten. Sie erzählte mir vom Altersschwachsinn ihrer Mutter. Wenn ihr Mann ihr zu nahe kam, schlug sie ihn mit einem Stock. Ich sah nach dem alten grauen Herrn in der Ferne und dachte: Was könnte sie wohl gegen ihn haben? Was ist ihr heimlicher Groll? Aber das war nicht das schlimmste, erzählte Barbara. Jeden Morgen wachte sie heulend auf. Unerträgliche schreckliche Bauchschmerzen.

»Lieber Gott«, sagte ich, »da kann man doch was dagegen tun!«

Barbara schüttelte den Kopf. Schönes, dicht gewelltes Haar fiel mir auf. Und sehr witzige Ohrringe. Grellgelb.

»Nein. Der Schmerz ist nicht echt. Das ist eine Erinnerung. Als junges Mädchen hatte sie Probleme mit starken Menstruationsschmerzen.«

Ich schneuzte gerührt meine Nase. Was für eine bittere, noch lebendige Vergangenheit. Auch Barbara mußte mal zum Taschentuch greifen. Wir tranken von unserem Portwein. Danach lächelten wir. Es ist angenehm, Kummer zu haben und sich doch so warm und leicht zu fühlen.

Ich beteiligte mich auch am Gespräch. Ich fing an, über Rick zu erzählen. Barbara war erstaunt, als ich erzählte, daß er Hausmeister an einer Technischen Schule sei.

»Ich dachte, er sei Bäcker.«

»Das war er auch.«

Ich erzählte ihr von den Torten, die er machte, Schwarzwälder Kirsch, englische Weihnachtstorten, und von den Schokoladenrosen, die er mit seinen spitzen Fingern falten konnte.

»Das Geschäft war bekannt in Sydney.«

»Und?« fragte Barbara kurz. Sie hatte die Spannung in meiner Stimme gehört und begriff, daß die dramatische Wendung noch kam.

»Er hat einen Unfall gehabt.«

Meine Stimme verlor sich in dem Stimmengewirr um uns her. Es erzählte sich so leicht und einfach. Wie war es nur möglich, so nebenbei zu ...

Es war schrecklich gewesen. Und ich war nicht dabei. Ich war nicht dabei! Sah ich es deshalb immer wieder vor mir? Sie sind klug heutzutage. Die Finger sind wieder angenäht. Das klang einfach. Beinahe häuslich. Aber ich sah sie vor mir bei der Arbeit. Aus welchen Gründen auch immer fand ich es nötig, all das zu rekonstruieren, wo ich nicht dabeigewesen war. Bis in die Details. Vielleicht würde ich auf diese Weise auch meinen Anteil an dem Schrecken haben. Nur der kleine Finger war nicht gelungen. Den hatten sie im Teig nicht mehr finden können. Warum war er so zerstreut? So in Eile? Wie lange hat er geschrien? Wie laut? Wo ist das Blut hingeflossen und hingespritzt?

»Nach einem halben Jahr konnte er seine Finger wieder etwas bewegen. Jeder fand, daß es ein Wunder war. Aber die Bäckerei, das ging nicht mehr.«

Komisch, daß man bei so einer Geschichte nicht heulen muß. So eine Geschichte beendet man mit weit aufgerissenen Augen.

»Wie siehst du deinem Vater ähnlich!«

Ich drehte mich um. Das Mißfallen muß deutlich in meinem Gesicht zu lesen gewesen sein, denn mein Onkel Bruno fügte schnell hinzu: »Er war mein liebster Bruder.«

Der alte Herr nahm mich beim Arm und führte mich aus dem Gedränge.

»Komm, erzähl mir von ihm.«

Doch bevor ich meinen Mund aufmachen konnte, fing er selbst zu erzählen an. Sein zehn Jahre jüngerer Bruder. Ein netter Bub, aber sehr empfindlich. In der Schule war er schlau. Der beste von allen. Als er fertig war mit dem Studium, war er noch jung. Ein Offizier von 23 Jahren. Doch die glänzende Karriere, die ihm entgegenstrahlte, wurde durch den Krieg unterbrochen.

»Ja«, sagte mein Onkel, »das klingt verrückt für einen Soldaten. Aber so war es. Kurz nach der Befreiung hat er mir einen langen Brief geschrieben. Seine Kriegserfahrungen und seine Gefangenschaft waren darin beschrieben. Mir verkündete er es zuerst, daß er seine militärische Laufbahn beenden wollte. Ich kann nicht mehr leben mit diesen Lügen, schrieb er.«

Ich fühlte, wie mir kalt wurde. Es trat eine Stille ein, in der mich mein Onkel ansah. Was erwartete er von mir?

»Aber du wirst doch wohl von dieser Geschichte wissen«, sagte er schließlich.

Welche Geschichte, dachte ich. Nicht leben können mit einer Lüge? Ja, das kenne ich genau.

Ich schüttelte meinen Kopf.

»Nein? Nun, ich habe diesen Brief noch. Wenn du willst, kann ich ihn dir schicken. Du wohnst doch bei Matthieu?«

Ich gab keine Antwort, aber mein Onkel achtete nicht auf mich. Nachdenklich starrte er auf den Fußboden. Ich hatte das Gefühl, nicht weggehen zu dürfen.

Tatsächlich hatte er noch etwas zu sagen. »Sie waren ein schönes Paar, Anna und er. Wirklich die große Liebe, glaube ich. Aber sie fing an zu kränkeln, bitter dreinzuschauen. In Gesellschaft anderer wich sie ihm aus. Verständlich, vielleicht. Aus einem eleganten Offizier war ein mürrischer Beamter geworden. Kommunalbeamter im mittleren Dienst. Ich hab schon so manches Mal gedacht, daß der wirkliche Grund für seine Übersiedlung nach Australien das Bedürfnis gewesen ist, Eindruck auf sie zu machen. Er wollte ihre Achtung.«

Zum Glück kamen ein paar Tanten, die sich von meinem Onkel verabschieden wollten. Ich konnte diskret verschwinden. Was hatte mein Vater noch immer hier zu suchen? Ich war nicht in die Niederlande gekommen, um zu entdecken, daß sich hinter der einen Lüge die andere verbarg. Das war doch immer so!

Ich saß in der Glasveranda unter Palmen. Weiter hinten sah ich Barbara, wie sie einem baumlangen Jungen mit kahlgeschorenem Kopf zuhörte. Drama oder Komödie?

Meine Anfälle waren lange Zeit ausgeblieben. Eigenartig ist das, diese Konkurrenz von Kummer. Der Schmerz von Rick ging vor. Ich wußte nicht, was er durchgemacht hat, ich war nur zu Besuch. Während ich in sein verschlossenes Gesicht und auf das kostbare weiße Paket an seinem Arm schaute, fragte ich: »Hast du gut geschlafen?« und »Wie steht's mit den Schmerzen?« »Ja, ja, gut. Der Doktor ist zufrieden.«

Die Regelmäßigkeit der Besuchszeiten bestimmte meine Tage. Es war viel los. In der Bäckerei arbeitete ein Vertreter. Das Geschäft blieb mein Terrain, die Kinder und das Haus auch. Ehrlich gesagt, es war keine unangenehme Zeit. Ich war wie betäubt.

Nach sechs Wochen kam er nach Hause, die Hand verbunden, den Arm in einer Schlinge. Erst da sah ich, wie unergründlich Menschen sind. Daß er nicht klagte, war nicht so rätselhaft, aber daß er nicht zu leiden schien, das konnte ich nicht fassen. Er machte seine Übungen. In seine Finger kam wieder etwas Leben.

... Es war windig an diesem stinknormalen Tag. Ich trug gemeinsam mit Rick die Einkäufe in die Küche. Das Mehl, den Kaffee, Joghurt, die Dosen, die Flaschen, das Gemüse. Alles wurde weggeräumt. Dann lag da noch im Kofferraum ein brauner Sack, aus dem ein Busch herausragte.

»Was ist denn das?« fragte ich.

»Das ist eine Lärche.«

Es war ein seltenes Bäumchen. Eine komische Idee vom Supermarkt – eine Lärche im Sonderangebot.

»Die wachsen doch hier überhaupt nicht.«

Aber er fing an, neben dem Plattenweg zu graben. Von der Küche aus sah ich, wie er arbeitete. Zwischen seinen Knien drückte er die Erde fest. Seine Haare wehten in die gleiche Richtung wie die kümmerlichen Zweige.

»So dünn wie deine Handgelenke«, sagte er später.

Es war etwas los. Mit seinem Haar und den Zweigen und seinem Gesicht. Etwas nahm ihn in Beschlag, etwas, das definitiv und auf unerklärliche Weise zu ihm gehörte, zu ihm allein, kein anderer konnte daran teilhaben. Durch das Fenster starrte ich auf sein Gesicht. Es war, als ob ich es zum ersten Male sähe. Der besorgte, fast unmerklich bittere Zug um seinen Mund. Seine eigentliche Lebensaufgabe, dachte ich, da steh ich außen vor. Wir haben nur wenig miteinander zu tun. Dann war alles wieder normal. Mein Mann, der im Garten arbeitete. Das Wasser, das im Kessel zu kochen begann. Aber ich dachte, ich habe ihn vom ersten Augenaufschlag an geliebt, wie kommt es, daß ich das jetzt erst weiß? Er stand auf und fing an, den Gartenschlauch auszurollen.

»Oh, halt mich fest!« flüsterte ich nachts im Dunkeln, im Warmen. Draußen hatte sich der Wind gelegt.

... Die Probleme mit Jessie fingen an. Sie sah blaß aus. All ihre Fröhlichkeit, all ihre Sorglosigkeit waren verschwunden. Dieser Mann hatte sie in seiner Gewalt, daran konnten wir nichts ändern. Rick hatte ein Gespräch von Mann zu Mann mit dem Liebhaber seiner

Tochter. Danach war die Luft reiner. Jessie blieb unser Kind. Und ich blieb Sophie. Mit der Traurigkeit, die unerklärlich war.

»Du mußt gehen«, sagte Rick.

Er war in der Scheune damit beschäftigt, das Motorrad von Jamie zu lackieren. Ohne seine Arbeit zu unterbrechen, sagte er: »Du warst zu alt, um so einfach verpflanzt zu werden und zu jung, um zu begreifen, was da mit dir geschah. Du hast nicht richtig Abschied genommen.«

Als ich neben ihm niederkauerte, hatte meine Seele ihm schon zugestimmt. (Ich geh zurück ... zurück!)

»Aber das Geld?« flüsterte ich.

Vom Kettenkasten aus legte er seine Hand auf meine Lippen. Ich war in die Niederlande gekommen, weil mein Mann mich geschickt hatte.

6

... Mariechen, warum weinest du,
weinest du, weinest du ...

Menschen weinen, weil sie sterben müssen. Das wird der Grund sein. Tiere weinen nicht. Tiere sind unsterblich oder jedenfalls beinahe. Ihnen erscheint der Tod nicht in der Zukunft, sondern in einem mehr oder weniger überrumpelnden »Jetzt«.

Sie waren nett, diese Leute. Sie hatten es überhaupt nicht verrückt gefunden, daß ich mal eben gucken wollte. »Sechzehn Jahre hier gewohnt, Frauchen? Na, dann komm mal rein und schau dich um!«

Wie war alles so klein und vor allem wie unbekannt. Aber als ich nach oben kam, schien mein Zimmer kaum anders eingerichtet als damals, als ich darin schlief. Das war auch kaum möglich. Ein Bett, ein Stuhl, ein Waschtisch. Die Tapete war noch dieselbe. Plötzlich kam mir das Kinderlied in den Sinn. Plötzlich mußte ich an den ruhigen Blick meines Kaninchens denken.

Ich lief zum Fenster.

Es war um die Mittagszeit und ziemlich viel Betrieb auf der Straße. Die Menschen, die dahinschlenderten, sahen recht behäbig aus. Ein Kind stolperte, ein alter Mann zog seinen Hut, und zwei Freunde begrüßten sich vor der Buchhandlung, die keine Buchhandlung mehr war, sondern eine Videothek. Viel hatte sich nicht verändert. Nur auf dem Platz war jetzt ein Automatenrestaurant. Die Schar pickender Vögel stand Schulter an Schulter bis auf den sonnigen Bürgersteig.

In Gedanken glitten meine Finger über das Holz des Fensterrahmens. Ich fühlte ein flaches Relief und schaute nach. Obwohl es überstrichen war, konnte ich es noch ganz gut sehen. Das Herz. Den Pfeil. Die Initialen. Das Warten auf nächtlichen Besuch ... Ein Schauder überfiel mich. Wieder sah ich nach draußen in die Finsternis. An der Ecke funkelten Regentropfen im gelben Schein einer Straßenlampe.

Ich wurde von einer wahnsinnigen, ungeheuren Neugierde erfaßt.

Es gab einige Dinge, die mir gefielen. Erstens: er taxierte mich nicht. Obwohl ich das doch hätte erwarten können. Du gehst weg als Sechzehnjährige. Nach über zwanzig Jahren kommst du zurück. Was ist mit dir geschehen? Man kann auf die Linien um deinen Mund achten, auf die Art der Kleidung, die du trägst, um deine Hüften, deinen Bauch, deine Brüste zu verstecken oder zu zeigen. Und dann ist noch wichtig, ob du noch deine schönen langen Haare trägst oder vielleicht eine andere Frisur. Was bist du noch wert? Aber nein. Überhaupt nicht. Nichts. Kein Anstarren. Auch keine verstohlenen Blicke. Er ging Tee aufsetzen und ließ mich ruhig auf der sonnigen Fensterbank sitzen, von wo aus ich auf die Amstel sehen konnte und wo ich mich alsbald schläfrig fühlte.

Keine Rede davon, daß es für unsere Art der Begegnung auch nur irgendeinen Verhaltenskodex gab. Es war schon idiotisch, daß ich ihn so einfach angerufen hatte, und es war zu verrückt, um es in Worte zu fassen, daß er so lakonisch darauf reagiert hatte. Als ob wir uns vorige Woche im Tennisklub noch gesehen hätten. »Gut. Schön. Morgen sehe ich dich.«

Nachdem er die Tür aufgemacht hatte und ich ein ganzes Ende hatte hinaufschauen müssen – er war groß, meistens übertreibt die Erinnerung, aber dieses Mal übertrieb die Wirklichkeit noch mehr –, fing er an zu lachen. Nicht verlegen oder so, sondern ganz ruhig, so wie Menschen es tun, die immer schon gedacht hatten, daß ...

»Sophie!« Er nahm meine Hände und führte mich hinein.

Aber ich war nicht so diskret. Ich betrachtete ihn aufmerksam, während wir uns gegenseitig hin und wieder Fragen stellten.

»Wie lange bleibst du in den Niederlanden?«

»Noch eine Woche.«

»Und wo wohnst du?«

»Bei einem alten Onkel von mir, in der Prinsengracht.«

Seine Art zu laufen war wahrscheinlich typisch für seine ganze Person. Ruhig. Zu ruhig. Er lief wie jemand, der gelernt hat, seine Ungeduld zu bezwingen.

Wir setzten uns an den Tisch. Wir tranken Tee aus dünnen Gläsern. Dieser Tee gefiel mir übrigens auch. Es war gegen fünf Uhr. Zeit für einen Drink. Aber er schien eine alkoholische Betäubung nicht für notwendig zu halten.

Ich betrachtete sein Gesicht, seine Hände, seine Jakke, das weiße Hemd, das am Hals geöffnet war, und was war es eigentlich, das mich so faszinierte? Saß ich hier dem Symbol meines bitteren Abschieds von vor Jahren gegenüber? War das der ablehnende Lümmel, der meine Abreise besiegelt hatte?

Nein, es war ganz unwahrscheinlich, daß es derselbe war. Genauso wie in meinem Leben hatte es in seinem Leben ganz sicher auch ein oder zwei Ereignisse gegeben, die ihn für immer veränderten.

Er zeichnete mir einige Umrisse. Schließlich war er doch kein praktischer Arzt geworden. Nicht geduldig genug für die praktische Arbeit mit ihren Kopf-, Rükken- und Bauchschmerzen. Sein Gebiet schien das menschliche Herz mit seinen geheimnisvollen Rhythmusstörungen zu sein. Kardiologe, ja. Er war viel unterwegs, Kongresse, Vorträge, und hatte unregelmäßige Arbeitszeiten. Seine Ehe hatte das nicht ausgehalten. Aber seine kleine Tochter sah er regelmäßig. Sie spielte Trompete.

Die Informationen waren ohne jede Bedeutung. Wir

wußten es beide. Zwischen uns wurden andere Mitteilungen ausgetauscht.

Ich plauderte über mein Leben in Sydney, ausgiebig, offenherzig und mit der größten Gleichgültigkeit. Unterdessen ließ ich meine Blicke umherschweifen. Keine Sitzecke, kein offener Kamin, keine Pflanzen. Wohl aber ein Schreibtisch neben dem Fenster, ein Strauß gefüllter Chrysanthemen, ein Schrank mit Büchern und einer Reihe von Aktenordnern. Der Tisch, an dem wir saßen, war überladen mit Papieren und Post. Es war bestimmt nicht aufgeräumt. Diese Schläfrigkeit war eigenartig. Ich unterdrückte ein Gähnen nach dem anderen und muß ihn wohl ab und zu mit Tränen in den Augen angesehen haben.

»Du willst dich erst aussprechen, oder?« sagte er nach einem Schweigen.

Ich schnellte hoch. Plötzlich fühlte ich mich unruhig. Mein Gott, auf was hatte ich mich da eingelassen? Konnten wir es nicht einfach so belassen? Konnte diese Nacht nicht aufgeteilt bleiben? Seine Nacht. Und die meine. Eine Nacht ohne Folgen, ohne Spuren. So wie mein Leben in diesem Land.

»Ach nein, erzähl mir lieber noch etwas von dir.«

Natürlich beachtete er diese dumme, abgegriffene Floskel nicht. Ich hätte ebensogut sagen können: Wie geht es Ihnen?

Er legte schon los.

Es war verblüffend einfach. Es war so banal, wie ich es selbst nie hätte erfinden können. Krank. Bauchweh. Den ganzen Abend schon. Gegen zwölf Uhr war er noch von zu Hause weggegangen. Schmerz war ihm als Symptom fast unbekannt. Sich zusammenkrümmend näherte er sich unserer Straße. Die Entscheidung für seine Flucht wurde ihm abgenommen: Gräßliche, stechende Schmerzen verscheuchten ihn. Seine Mutter rief den Arzt an. Blinddarmentzündung. Er wurde in derselben Nacht noch operiert.

Ich fing schallend zu lachen an. Die Situation war so absurd. Wenn man einmal beginnt, sich sonderbar zu benehmen, und sei es auch Jahrzehnte her, dann kann man nicht mehr zurück.

Martien ließ mich gewähren. Er heftete seine Augen auf mich, lachte leise, nachsichtig mit. Dann stand er auf.

»Komm, wir gehen essen«, sagte er.

Ich kam zur Ruhe. Ich fühlte mich enorm erleichtert. Die unsinnige Frage hatte sich erledigt.

Auf der Straße nahm er meinen Arm. Über den Häusern hing ein glühender dunkelrosa Schimmer. Ein lauer Westwind blies uns ins Gesicht. Ich ging ganz leicht und lässig. Dieser Mann hatte eine seltsame Wirkung auf mich. Ich fühlte mich so, wie ich mich als Kind gefühlt hatte: über endlos viel Zeit verfügend, in der alles, was passierte, Spiel war. Ernstes, unverantwortliches Spiel. Ich gab mich meinem herrlichen Leben hin, allen Chancen, dem Gewinnen oder Verlieren, und das Ergebnis würde zählen.

Ich weiß nicht, ob Martien dasselbe fühlte, aber wir spazierten durch die Stadt, ohne irgend etwas wahrzunehmen. Auf den Bürgersteigen trat man ehrerbietig vor uns zur Seite. Wenn wir die Straße überquerten, bremste man.

Im Restaurant begannen wir mit Hering und jungem

Genever. Danach wurde uns eine geschmorte Ente und eine Flasche Bourgogne serviert. Wir saßen im Hintergrund und sprachen leise und vertraulich miteinander. Vom ersten Schluck an hatte ich mich angeheitert gefühlt und ich war nicht erstaunt, als Martien mir seinen Plan darlegte, den Sommer gemeinsam zu verbringen.

»... da liegt ein Haus, direkt am See. So ein viktorianisches Backsteinhaus, du weißt schon.«

Ich nickte.

»Wir bleiben den ganzen Monat. Irland ist noch ein ursprüngliches Land. In manchen Gegenden ist es so, wie es in den Niederlanden vor 50 oder 100 Jahren gewesen sein muß.«

»Irland«, sagte ich. »Gut.«

Ich nahm mein Glas und sah ihn zustimmend an. Es wurde tatsächlich höchste Zeit, daß ich mal nach Irland fuhr. Warum war ich da noch nie gewesen?

»Aber nicht, um zu surfen«, sagte ich. »Ich bin überhaupt nicht sportlich.«

»Ach doch«, sagte er, und ich spürte seine Ungeduld. »Ich bringe es dir bei. Und überleg mal, so ein enganliegender knallblauer oder knallroter Anzug wird dir glänzend stehen.«

Wir hatten schon längst begonnen, uns mit ungenierten Blicken anzusehen. Von Diskretion war keine Rede mehr. Worüber wir uns auch unterhielten, es betraf nichts anderes als die dringliche Absprache, die zwischen unseren Körpern bestand. Ich spürte die Berührung seiner leichtsinnigen Augen an der Innenseite meiner Arme, meiner Beine, auf der bloßen Haut unter meinen Kleidern. Unter dem Tisch stellte ich meine Füße auseinander. Er legte Messer und Gabel hin.

»Nun solltest du doch nicht mehr allzu lange warten, um deinen Onkel anzurufen. Die alten Leute gehen oft ganz früh zu Bett.«

Als ich zurückkam, nahm er meine Hände.

Ort und Zeit waren auf eine bestimmte Art ausgewählt. Es gab einen zentralen Punkt in der Stadt: einen Platz, und dann waren da die Straßen, die Häuser, die Grachten, die ihn wie ein beschützender Arm umschlungen hielten; dann waren da die Verkehrsadern, die auch alle zu diesem Punkt oder an ihm vorbeiführten, die Massen mit ihren brummenden Fahrzeugen, ihren Gesichtern, ihren Geschichten, und nicht zu vergessen: Da war der Wind, der nach Norden gedreht hatte und mit dem Gestank von Restaurants und Bedürfnisanstalten einen Hauch brackiger Flußluft mitführte (für ewig der Geruch von Liebe).

… während ich auf Zehenspitzen stand, meinen Kopf weit nach hinten gelehnt, und mich den Berührungen hingab, nach denen ich den ganzen Abend verlangt hatte, schoß mir der Gedanke durch den Kopf, daß wir nichts anderes taten als uns zu fügen. Wir gehörten zu einem zusammenhängenden Ganzen, verschmolzen mit dem Lärm und der Leuchtreklame. Ich überschaute unser gemeinsames Leben in dieser Stadt so deutlich, als wäre es mit einem Kreuz auf dem Stadtplan eingezeichnet.

»Wir haben verdammte Ähnlichkeit mit Teenagern«, murmelte Martien. Seine Hand auf meiner Hüfte wurde schwerer. Ich lachte und schaute mich um. Liebespaar auf dem Damm. Ganz normal. Aber ich wußte genau, was die Melancholie in seinen Augen bedeutete.

»Okay, gehen wir«, sagte ich.

Ich teilte seine Ungeduld nicht. Im Gegenteil. Hatten wir denn nicht sieben Tage zur Verfügung? Zeit im Überfluß. Aber ich fing an, meinen Hals zu spüren. Er war bestimmt noch gewachsen nach seinem achtzehnten Lebensjahr.

Vor dem Hotel Krasnapolsky standen Taxis und warteten auf uns. Wir stiegen ein. Der Zähler begann zu laufen. Wir waren jetzt keine Teenager mehr, sondern ein schamloses, erfahrenes Paar.

Was mich betrifft, hätte diese Fahrt endlos dauern können. Warum sollten wir die Nacht nicht in dieser federnden Dämmerung verbringen? Um den Fahrer brauchten wir uns nicht zu kümmern, der war über Sprechfunk mit einer anderen Welt verbunden. Kodierte Botschaften, für uns so unbegreiflich wie das Schreien eines Esels, begleiteten uns durch rot erleuchtete Stadtviertel. Wie oft kann man sagen: Ich bin glücklich?

»Du küßt noch wie gestern.«

Die Art, wie er das sagte. Zärtlich. Poetisch sogar. Aber unwahr. Nichts war identisch. Es war so viel Zeit verflossen, und die hatte unsere Blutkörperchen, Drüsen und Organe mit den nötigen Erinnerungen versehen. Zusammengeballt in unseren Küssen von heute. Ich hatte noch nie so ein Verlangen gekannt.

Wir stiegen aus. Das Taxi wurde bezahlt. »Gute Nacht«, hörte man. Ich beobachtete seinen Gesichtsausdruck, als er die Tür aufschloß. Warum ist dieser Moment so prekär: jemand, der sein Haus für dich aufschließt, vor dir die Treppe hinaufgeht? Es ist die Frage, inwieweit das Haus bewohnbar ist. Wollen wir noch was trinken? Nein, jetzt nicht. Sein Schlafzimmer war angenehm beleuchtet. Ein Bett mit einer weichen blauen Tagesdecke. Ohne jede Verwirrung, wohl aber etwas flehentlich, liefen wir aufeinander zu.

Mein Rock glitt zu Boden.

»Denk daran, um fünf Uhr bin ich zurück. Fünf Uhr.«

Neben meinen Kopf gekauert, sah er mich beunruhigt an. Würden seine Worte zu der schlaftrunkenen Frau durchdringen? Würde sie begreifen, daß dies eine ernste Nacht gewesen war?

Ich hatte ihn durch das Zimmer laufen gesehen, wie er ein weißes Oberhemd in eine graue Hose stopfte. Ich hatte gesehen, wie er über seine Wangen strich, auf die Taschen von seinem Jackett klopfte, ich hatte den Kaffee gerochen, den er neben mich hingestellt hatte. Auch sein frisches, glatt rasiertes Gesicht hatte ich gefühlt, als er sich bewußt wurde, daß um acht Uhr der Dienst in der Poliklinik begann. »Bis bald«, hatte ich ihn verhalten in mein Haar sagen hören. Ich hatte gesehen, wie er den Hausschlüssel neben mein Kissen legte.

Am späten Vormittag lief ich die Treppe des Hauptpostamtes hinauf. Ich meldete ein Telefongespräch an und wählte eine lange Nummer. Es kam eine Verbindung zustande.

»Rick? Ich bin's! Sophie!«

Die Freudenschreie klangen erstaunlich nah.

»Erzähl, erzähl«, sagte ich schnell. »Wie geht es euch dreien?« Oh, es ging gut. Bestens. Sie sehnten sich nach mir, natürlich, aber ich brauchte mir keine . . . .

Ich hörte kaum auf das, was er sagte, so froh war ich,

seine Stimme zu hören. So beruhigend. So beruhigend wie ein Glas Wasser. Er scherte sich nicht um die Ozeane, die zwischen uns lagen, und erzählte gemütlich alle kleinen Neuigkeiten. Deutlich hörte ich ihn so ab und zu an seiner Zigarre ziehen. Es war wirklich so: Mein Leben dort ging seinen gewohnten Gang. Nur ich war nicht dabei. Das war alles. Ich brauchte mir um nichts Sorgen zu machen.

Danach wollte Rick wissen, ob ich »eine schöne Zeit« hatte. Eine schöne Zeit ... Ich heftete meinen Blick auf die Telefonzelle gegenüber (massiver Kopf, streng gestikulierender Typ) und fing an, über meinen Rundgang durch die Familie zu erzählen. Was sowohl ihn wie auch mich betrifft, hätte ich auch ebensogut von Rotkäppchen und dem Wolf erzählen können. Eine schöne Zeit, dachte ich. Oh, mein Liebster, oh, mein Mann. Irgend etwas ist mit der Zeit geschehen. Vergangenheit und Zukunft tauschen ihre Plätze. Außerdem tue ich nur das, was du gesagt hast, was ich tun sollte: Abschied nehmen auf richtige Art und Weise. Nur weiß ich nicht mehr, von was oder von wem.

»Du bist so weit weg«, sagte ich zum Schluß. »Ich sehne mich nach dir.«

Er sagte dasselbe. Wir hängten ein.

Aufatmend ging ich in die sonnige Stadt hinunter. Überall standen die Ampeln auf grün, ich fühlte mich geradezu unverwundbar. Eile hatte ich schon. Ich drängte mich durch die Muschelesser auf der Nieuwezijds, überquerte zwischen zwei klingelnden Trambahnen den Spui und erreichte keuchend die Prinsengracht. Dort packte ich meine Sachen ein und nahm auf das allerherzlichste Abschied von meinem Onkel.

Ich lief durch seine Zimmer und betrachtete sein Leben. Die Sonne schien noch nicht hinein. Die Möbel sahen matt und häuslich aus. Auf dem Tisch lag etwas Post, Rechnungen, eine Fachzeitschrift, ein glänzender Prospekt mit Maschinen, die das menschliche Herz am Leben erhalten sollten. In der Küche war es ordentlich und sauber. Er besaß verschiedene Kaffeemaschinen, hübsche dunkelgrüne Kaffeetassen und eine chinesische Teekanne. An einem Haken im Badezimmer hing ein dunkelblauer Morgenrock.

Ich betrachtete die Wände. Da hingen ziemlich viele Fotos von einem dunkelhaarigen Mädchen. Mal war sie etwa neun Jahre alt, mal ein Baby. Meist sah sie ernst aus. Hinter seinem Schreibtisch hatte er zwei große Zeichnungen angeheftet. Einen Stadtplan von Amsterdam im 18. Jahrhundert mit rot eingezeichneten Grachtengürteln und ein Schema vom menschlichen Blutkreislauf mit all seinen Verästelungen vom und zum Herzen.

Ein Haus in Abwesenheit des Bewohners hat die arglose Würde eines Schlafenden.

Heute nacht. Er hatte mir keine Antwort geben können. Durch die Haut hindurch hat er das Pochen meines Herzens festgestellt.

»Was ist Verliebtheit?« hatte ich gefragt.

Denn da war etwas zu mir durchgedrungen. Jetzt, da ich ihn so in mich hatte eindringen lassen, da ich so schamlos, so anspruchsvoll seinen Bauch gegen den meinen gepreßt hatte, all die Minuten, die ich mich ausgebreitet, flach gemacht hatte, so flach wie die Polder in diesem Land, und man kann sich nichts vorstellen, was feuchter, dunstiger, gefälliger ist als die grünen Flächen, nun, da ich ihm zugestanden hatte, sich mir so sehr zu nähern, daß keine einzige Abwehrwaffe mehr zur Hand war, und ich ihn deshalb mit den leeren Augen einer Schwachsinnigen angesehen hatte, da begriff ich, daß ich in etwas Unbekanntes verwickelt sein mußte. Etwas, was mir, Sophie, bis jetzt entgangen war.

»Verliebtheit ist nicht zu erklären«, hatte er gesagt.

»Doch«, drängte ich. »Du mußt es wissen.«

Aber es war zu spät. Der Herzspezialist war müde.

»Bleib«, war das einzige, was er murmelnd hervorbrachte. Er schlief ein.

Ich sah ihm zu.

Nun, während ich auf die zwei Zeichnungen an der Wand starrte, zwei Labyrinthe – die Stadt und der menschliche Körper –, begann ich etwas zu spüren von dem anderen Netzwerk.

... sein schlafendes Gesicht. Was hast du durchgestanden? Welche Ereignisse haben dich geformt? Diese Stadt, diese Wolkenlüfte, diese Landschaften, deine Patienten, der Ärger mit deiner Frau, die Zärtlichkeit für dein Kind, deine Ungeduld, deine Zahnschmerzen, all die Dinge, auf denen deine Hände oder deine Augen jemals geruht haben ...

Ich war verliebt in ihn, weil ich das alles aus Gott weiß welchen Gründen jetzt dringend nötig hatte.

Unten fiel die Tür ins Schloß. Auf der Treppe waren Tritte zu hören. Aber es war noch nicht fünf Uhr, ich wollte eine Torte kaufen! Er stand auf der Schwelle, seine Arme voller Einkäufe und Blumen. Sein Gesicht drückte Unglauben und Erleichterung aus. In dem Bewußtsein, daß meine Einsamkeit keine

Sekunde länger zu ertragen war, rannte ich durch das Zimmer.

Wie oft sagte er es in diesen Tagen?

»Bleib.«

Er fuhr nicht los, wenn die Ampel grün wurde, sondern sah mich weiter von der Seite an. Ich kroch in seine Arme und fühlte mich herrlich. Ganz in Ordnung war auch das Gehupe, das augenblicklich hinter uns ertönte. Kein einziger Mißton.

»Bleib hier.«

Ich lief hinter ihm die Treppe hinauf. Es hatte ein bißchen geregnet. Er trug eine graue Jacke.

»Bleib bei mir.«

Es war sonst niemand im Geschäft. Ich stand vor dem Spiegel und probierte einen dunkelgelben Hut mit breiter Krempe auf. Martien sah mir in meine beschatteten Augen, während er mich fragte. Die Verkäuferin kam und fing an, sich in Komplimenten zu ergehen. Es ging nicht anders, es mußte und sollte dieser Sombrero sein. Abends im Bett sahen wir ›Miami Vice‹. Ich lehnte mich gegen das Extrakissen, das an dem Tag für mich gekauft worden war. Trotz der Liebe fühlte ich weiterhin mein altes Leiden, leichte Rückenschmerzen in der Nacht. Es wurde viel geschossen und geschrien. Ein dicker Mann saß verkehrt herum auf einem Stuhl und jammerte.

»Bleib hier wohnen.«

Er sah überhaupt nicht auf. Sein Kopf blieb, wo er war, in meiner Schulterhöhle. Brav und lieb. Gerade mußte ich an Jamie denken. Der war lange ein Baby geblieben.

»Gut«, sagte ich und traf die leichteste Entscheidung meines Lebens.

»Gut. Ich bleibe.«

In aller Frühe liefen wir über den Bahnsteig. Ich war auf dem Weg nach Sassenheim, um von dort aus die nötigen Maßnahmen zu treffen. Das meiste von meinem Gepäck und meinen Papieren befand sich noch bei Matthieu und Elisabeth.

Martien begleitete mich, bevor er ins Krankenhaus ging. Es war eine Stunde der Erregung und der stillen Verzweiflung. Die Massen gingen an ihre Arbeit. Aber wir waren an dem Gedränge nicht beteiligt. Wir standen noch im Banne des Beschlusses, der am Abend zuvor gefallen war. Um unsere Andacht nicht zu stören, sagten wir wenig. Wir liefen wie Musiker, kurz bevor sie auftreten, die wissen, daß alles gut und vielleicht sogar ausgezeichnet verlaufen wird, daß das Konzert eigentlich schon stattgefunden hat und nur noch bewahrt werden muß.

»Also übermorgen kommst du zurück?« fragte er.

Ich nickte: »Spätestens übermorgen.«

»Ruf mich dann an, wann du ankommst.«

Der Zug fuhr ein. Die Menschen, die ausstiegen, mußten sich einen Weg durch die Menge bahnen, die wartend dastand. Jemand ließ eine Tasche fallen, Flüche ertönten, es wurde gerannt. Wir standen etwas im Hintergrund, außerhalb des Gedränges.

Wie angenehm, wie leicht, so ein Abschied für ein paar Tage! Wir beobachteten einander in tiefem Vertrauen, äußerst beruhigt durch das, was wir erlebt hatten. Ich fand, daß er blaß aussah. Er zuckte ein bißchen mit seinem linken Mundwinkel. Ich wußte nicht warum, aber es stimmte mich dankbar, daß meine schwarzen Pumps noch unter seinem Bett standen.

Jetzt war es an der Zeit. Wir schmiegten uns aneinander, doch leicht fröstelnd, leicht widerstrebend. »Bis bald«, sagte er leise und reichte mir meine Tasche.

Wer ist schon so verrückt, einem Bummelzug voller Pendler nachzuwinken?

Ich war nicht traurig, als der Zug aus der Bahnhofshalle fuhr, auch nicht, als er an den Häuserreihen, den kleinen Balkons, den Innenhöfen vorbeirollte. Doch später, als zu beiden Seiten die nebligen Felder vorbeischossen, fing ich an, einen sonderbaren Schmerz in meinem Bauch zu fühlen. Nach Haarlem wurde es auch nicht besser. Ziehende, zitternde Krämpfe durchfuhren mich. Ach! Ich war verrückt zu verreisen! Es gab doch ein Telefon in dieser gesegneten modernen Zeit. Lieber Gott, wie hatte ich nur so dumm sein können, diese zwei Tage zu verplempern! Plötzlich mußte ich an Janice denken, die Stute von unseren Nachbarn in Sydney. Vor ein paar Monaten war sie rossig gewesen. Ich erinnerte mich an ihre verzweifelten Augen, ihre zitternden Flanken; und ich erinnerte mich an andere läufige und brünstige Tiere. Ohne Ausnahme war es ihnen schlecht gegangen. Wir sind auf der Suche nach unserer verlorenen Hälfte. Das hat nichts mit Freude zu tun. Das hat mit Schmerz zu tun.

Hatte ich geseufzt? Gestöhnt? Der Mann mir gegenüber hatte seine Zeitung fallen lassen und sah mich aufmerksam an. Nein, mein Herr. Ich gebe mich keinem unsäglichen, plötzlichen Verlangen hin. Ich bin eine Hausfrau, die ihr Gesicht abwendet, um nach den Kühen und Pferden auf einer holländischen Wiese zu schauen.

7

In meinem Zimmer angekommen, sah ich den großen Briefumschlag auf dem Tisch liegen. An Frau Sophie O'Neill. Das war ich. In meinen Händen hielt ich den Brief meines Vaters. Mir, wie verabredet, von meinem Onkel Bruno nachgesandt. Ich sank auf mein Bett und begann zu lesen.

Und natürlich, für diese Generation ist es der Krieg. Immer. Ich hatte davon gehört. Theoretisch war ich auf dem laufenden. Aber aus irgendeinem Grund war dieses peinlich genaue, emotionslose Dokument etwas anderes. Es war von meinem Vater. Es war entsetzlicher.

Er war dabeigewesen bei der verworrenen Schlacht um Rotterdam. Sie waren zur Brücke gekommen, und man hatte ihnen erlaubt, mit der treuherzigen Heldenhaftigkeit von Kindern noch eine Weile standzuhalten und enorme Verluste zu erleiden. Derk Frans van Dijk war jammernd mit einem Eimer über seinem Kopf herumgelaufen. Die zweite Episode spielte sich in Sachsenhausen ab. Er war im März 1944 gefangengenommen und von Vught aus auf den Transport geschickt worden. Er beschrieb die Sklavenarbeit im Lager, die hungrigen, erniedrigten Männer, die Bombardierungen der Alliierten, und zum Schluß beschrieb er den Marsch, den die Überlebenden aus dem Lager antreten mußten, als die Russen von der Oder her vorrückten. Um den 25. April 1945 schleppte er sich mit seiner Gruppe nach Wittenberge. Von den ursprünglich 1000 Mann war damals noch ungefähr die Hälfte übrig. Zurückbleibende wurden getötet mit einem sogenannten Gnadenschuß. Der Straßenrand war mit ihnen übersät, und niemand achtete besonders darauf. Da sah er zwei Ungarn liegen. Vater und Sohn. Er kannte sie indirekt. Sie hatten in der Baracke bei ihm am Tisch gesessen. Der Sohn hatte für den Vater gesorgt. Er hatte seine Arbeit verrichtet, sein Essen geholt, ihn zum Appell geschleift. Aber heute hatte er ihn nicht weiterschleppen können, und beide waren am Ende einer Kolonne abgeschlachtet worden. Von einem Mitglied eines militärischen Ehrenkorps.

In diesem Moment beschloß er, daß der Beruf eines Kriegsteilnehmers verächtlich war. Es spielte keine Rolle, daß sie die Bösen waren und er zu den Guten gehörte. Das war nichts als eine zu vernachlässigende historische Gegebenheit.

Ich legte den Brief weg, zog die Gardinen zu und kroch ins Bett.

»Sophie, was ist los? Bist du krank?«

Ich schaute in das Gesicht von Elisabeth. Nach dem veränderten Licht im Zimmer zu urteilen, mußte es Stunden später sein. Und doch hatte ich nicht den Eindruck, geschlafen zu haben. Ich stützte mich auf meinen Ellenbogen. Zögernd nahm ich den Tee, den mir Elisabeth reichte. Ich befand mich in einer Leere, in der ich verharren wollte.

»Nein«, sagte ich, »nur müde.«

»Das macht nichts. Bleib nur den ganzen Tag im Bett, wenn du willst.«

Ja, das wollte ich.

Mitten in der Nacht wurde ich wach. Stille. Dunkelheit. Mein Vater und seine Starrköpfigkeit, seine Lügen, mein Vater und seine wäßrigen Augen. *Den* Mann kannte ich. Gegen ihn hatte ich schon lange meine Maßnahmen getroffen.

Aber was vorbei ist, ist nicht endgültig vorbei. Erst hatte ich seine Lügen auf dem Hals, nun sein Leben. Denn über einen Zeitraum von Jahren hatte er mir geschrieben, hatte er einen Teil seiner Geschichte bei mir untergebracht. Jetzt hatte ich Dinge erlebt, die, vermischt mit meiner Sympathie, meinem Mitleid, meiner Reue, nie mehr von mir weichen würden.

Ich stand auf und lief zum Fenster. Mit der Gardine hinter meinem Rücken betrachtete ich wie ein Souffleur oder wie ein Requisiteur das düstere Schauspiel da draußen. Im Licht, das durch die sich teilenden Wolken fiel, sah ich ein fahlbraunes Tier aus der Trockenscheune für Tulpenzwiebeln kommen. Es dauerte eine Weile, bis ich die exotische, üppig behaarte Katze der Nachbarn erkannte. Sie setzte sich und hob ihren flachen Kopf. Als ob sie es herbeigerufen hätte, begann plötzlich die Pappel am Rande des Hofs zu rascheln und sich zu neigen. Es wirbelte eine Handvoll Konfetti durch die Luft. Ich fühlte mich sehr ruhig, sehr heiter. Was vorbei ist, ist nicht endgültig vorbei. Eine Verabredung von vor Jahren war schließlich eingelöst worden. Was hatte der Brief meines Vaters mit Martien und mir zu tun? Ich wußte es nicht. Es gibt Dinge, die stellt man fest, ohne sie zu ergründen. Bilder machten anderen Bildern Platz. Martien, der ins Zimmer tritt, der mit hochgezogenen Schultern sein Jackett anzieht, der sich eine Zigarette anzündet und mich weiter mit zusammengekniffenen Augen ansieht; Martien, der den Telefonhörer abnimmt und ohne Ausreden, ohne ein Zeichen von Widerwillen zusagt, augenblicklich zu kommen …

Zwei Ereignisse, die in einer fernen Vergangenheit wurzelten, waren in einem zufälligen »Jetzt« zusammengetroffen. Sie lieferten mir ein Ergebnis, das in seiner Unbegreiflichkeit doch vollkommen klar war: Der hoffnungsvolle, zärtliche Abschied auf dem Bahnhof hatte Gültigkeit.

Das Flugzeug hob vom Boden ab. Die schwankenden Felder wurden ruhiger. Vor meinen Augen erschien ein tadelloses Muster aus grünen und braunen Parzellen und abgezirkelten Häusergruppen. Zuerst sah ich noch Menschen. Radfahrer auf dem Deich. Eine Frau, die im Garten hinter ihrem Haus die Wäsche aufhängte. Aber bald war ich zu hoch. Bald war das Gewirr von Menschen und Ereignissen reduziert auf einen übersichtlichen Grundriß mit einer geschwungenen Küstenlinie und weißen Wellen, da, wo das Meer begann.

Tessa de Loo
im dtv

**Schönheit, komm,
der Tag ist halb vergangen**
Roman

Schönheit ist vergänglich. Für
manche kann dieser Gedanke ein
Trost sein, für andere wird er zur
Obsession. Jeanne ist so häßlich
wie Isabelle schön. Als Jeanne
versucht, diese Schönheit in ihre
Gewalt zu bringen, unterschätzt
sie deren Macht. Aus einem
Kriminalfall wird ein Psycho-
drama. Der Roman »steckt voller
hintersinniger Einfälle, Beobachtungen und Reflexionen, die ihn
weit über das Krimivergnügen
hinaus lesenswert machen«.
(Der Tagesspiegel)

dtv 11738

**Die Mädchen von der
Süßwarenfabrik**
Erzählungen

Die Mädchen von der Süß-
warenfabrik sind eine Clique.
Jede hat ihre eigenen Sorgen,
aber wenn es drauf ankommt,
sind sie solidarisch. Das bekommt ein unvorsichtiger
Schaffner, der eine von ihnen
zur Rede stellt, hautnah zu
spüren. Gegen die geballte
Ladung Weiblichkeit, mit der
er sich plötzlich konfrontiert
sieht, hat er keine Chance …

dtv 11944

Sylvie Germain:

Das Buch der Nächte

»Es beschäftigt mich nicht nur die Gewalt des Krieges, Gewalt gibt es
auch in der Liebe, im Besitzdenken, bei der Eifersucht. Eine Form der
Gewalt, die ich in meinem neuesten Buch nochmals aufgegriffen habe,
ist der Inzest. Jeder weiß, daß dies passiert, aber die Gesellschaft will
nicht, daß man darüber spricht. Diese Gewalt, finde ich, ist das
Abscheulichste, was es gibt…«   (Sylvie Germain in RIAS, Berlin)

»Vitalie Péniel hatte sieben
Kinder zur Welt gebracht, aber
die Welt erwählte nur eines von
ihnen – das letzte. Alle anderen
waren am Tag ihrer Geburt
gestorben, ohne sich auch nur
die Zeit genommen zu haben,
einen Schrei auszustoßen. Das
siebente indes schrie schon vor
seiner Geburt.« Der Junge, der
da zur Welt kommt, wird Fluß-
schiffer auf der Schelde wie seine
Vorfahren – ein friedliebender
Mensch, den der Krieg von
1870/71 zum Ungeheuer werden
läßt. Seinen Sohn Victor-
Flandrin verschlägt es nach dem
Tod des Vaters ins abgelegene
Vorland der Ardennen. Er wird
Landwirt und eine Art moderner
Hiob. Drei Frauen sterben ihm,
die vierte, die österreichische
Jüdin Ruth, wird seine große
Liebe, aber sie überlebt den
Nazi-Terror nicht. Vor dem
Hintergrund der europäischen
Geschichte bis zum Ende des
Zweiten Weltkrieges erfüllt sich
ein Schicksal von biblischer
Wucht.

dtv 11770

»Eine Familiensaga verschlun-
gener Schicksale, verwurzelt im
unergründlichen, ja unheim-
lichen Mythos der Generationen.
Mit geradezu unerschöpflicher
Phantasie erfindet die Autorin
Lebenswege individueller Ein-
maligkeit und Symbolkraft.«
(Waltraud Jänichen in der
›Berliner Zeitung‹)